사랑은 내가
주어가 아니라는 것을 알려주었다

사랑은 내가
주어가 아니라는 것을 알려주었다

김삼환 에세이

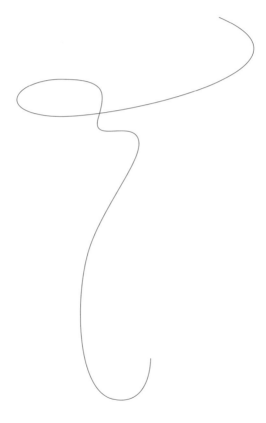

마음
서재

아내가 떠났다.

내게는 온다 간다 말도 없이 긴 여행을 떠났다.

그날 아침 아내와 난 한차를 타고 속초로 향하던 길이었다. 함께 가던 도로 위의 풍경들이 적막하고 아득하다. 둘이 같이 떠난 속초 여행에서 아내는 나를 내버려두고 홀로 먼 길을 갔다.

여행길에서 입었던 옷 그대로 아내를 배웅했다. 30여 년간 살 부비고 살아온 시간들이 한꺼번에 묶여 허공을 떠돌았다. 시간이 떠도는 그 시간을 나는 견딜 수가 없었다. 아내를 향한 그리움이 다발 다발로 묶여 내 몸을 휘감았다.

3일 만에 집으로 돌아와 생각하니 기가 막혔다. 그동안 무슨 일이 있었는지 아득하고 멍했다. 아내가 떠나자 내 생활의 모든 리듬과 질서가 일시에 산산조각이 났다. 나는 길을 잃고 방황했다. 멍한 상태로 몇 개월을 보냈다. 나도 떠나야 했다. 그곳이 숲이든 물이든 내딛는 걸음이 허공을 디뎌 넘어지더라도 어디론가 가고 싶었다.

동해안 해파랑길 770킬로미터 완주를 목표로 부산 오륙도에서부터 강원도 고성까지 무작정 걷기 시작했다. 굽이굽이 펼쳐진 해파랑길은 스스로 길잡이가 되어 천천히 나를 받아줬다. 해파랑길 340킬로미터 지점에 이른 어느 날이었다. 해외봉사단원을 모집한다는 코이카(KOICA)의 공고를 보았다. 외국에서 한국어를 가르칠 교사로 파견되는 일이었다. 걸음을 중단하고 서울로 돌아와 주섬주섬 짐을 꾸렸다.

2019년 여름에 나는 우즈베키스탄의 서부 사막도시 누쿠스로 떠났다. 누쿠스에 있는 카라칼파크국립대학교에서 학생들에게 한국어를 가르쳤다. 한국에서의 복잡한 생활을 벗어나 낯선 땅에서 오직 집과 학교를 오가는 단순한 하루를 살았다. 시간이 나면 강변을 산책하고 집으로 와서는 책을 읽거나 글을 썼다. 밤에는 벽과 대화하는 시간이 점차 길어졌다. 벽이 내게 말을 걸었고 나는 벽의 말을 받아 적었다.

섭씨 45도를 웃도는 누쿠스의 한여름 더위를 겪어냈다.

적막과 외로움으로 범벅이 된 가을이 지났다. 그리고 어느 덧 추위가 찾아왔다. 사막의 겨울은 영하의 날씨가 계속 이어졌다. 겨울을 보내자 새 학기가 시작되었고 봄꽃이 멍울져 피기 시작할 무렵 코로나19가 기습했다. 나는 떠났던 자리로 되돌아왔다. 우즈베키스탄에서 돌아온 나는 어느새 육체와 정신이 멀쩡하고 온전해져 있었다.

아내가 떠난 지 벌써 만 3년이 지났다. 걷고, 떠났고, 다시 돌아오니 그렇게 시간이 흘러 있었다. 그동안 많은 글을 쓰며 마음을 정리했다. 이제 내 마음은 다시 평화를 찾았다. 생의 한 구간을 통과했고, 주어진 운명 앞에 겸손해졌다.

이 책은 떠나서 돌아오기까지 내가 어떻게 눈물을 이겨냈는지, 그 방법과 과정에 대한 기록이다. 인생의 어느 날, 예상할 수 없는 일이 황망하게 찾아와 말로 다 할 수 없는 상실감과 여러 가지 아픔을 겪고 있는 분들에게 용기와 위로와 격려를 드리고 싶었다.

2021년 봄
목멱산 독방우거에서
김삼환

차례

1장 ── 나는 떠났다

2장 ___ 나는 그리워했다

3장 ━━ 나는 걸었다 ━━━━━━━━━━━━━━━

4장 ── 나는 가르치고 배웠다

어느 날 아내가 떠났다.

내게는 온다 간다 말도 없이 긴 여행을 떠났다.

아내를 향한 그리움이 다발 다발로 묶여 내 몸을 휘감았다.

벽이 내게 말을 걸었고 나는 벽의 말을 받아 적었다.

나는 떠났다

봄을 보내고
여름이 시작되기 전에

산 아래 아파트로 이사해서 겨울을 보내고 봄을 맞았다. 매년 새로 맞는 봄마다 느낌이 달랐다. 아내와 늘 함께 다니던 산책로 주변에도 개나리가 무더기로 노란 꽃망울을 맺기 시작했다. 아내가 떠나고 난 이듬해 봄이었다.

그동안 수십 번의 봄을 맞고 또 보냈지만 그해 봄은 감정적인 동요가 티끌만큼도 일어나지 않았다. 계절을 느끼는 감각이 마비된 듯 겨울에서 봄으로 전환하기가 쉽지 않았다. 내 가슴속에서 아직 끝나지 않은 겨울이 현실의 봄을 지배했다. 때로는 쓰리고 때로는 몹시 아픈 추위였다. 그해 봄이 오기 전 겨울은 혹독했다. 날씨도 내 마음도 춥기만 했다. 추위를 느끼는 몸의 감각기관들이 한층 더 예민해진 것 같았다.

서울이 영하 20도를 기록한 초겨울에 나는 배낭을 메고

눈 덮인 태백산을 올랐다. 내 의지를 시험해보고 싶은 얄은 수를 태백산이 알아줄 리 만무했다. 가을에서 겨울로 가는 나날이 선잠 속에서 꾸는 꿈처럼 멍하게 이어졌다.

유리창 너머로 분주한 풍경이 보이는 카페로 들어갔다. 진한 커피가 다 식을 때까지 한 모금도 입에 대지 않은 채 생生이 무엇일까 생각했다. 그동안 한 생을 돌이켜보는 생각에 몰두한 적이 많았다.

가왕 조용필이 북한에 가서 부른 노래 중에 '그 겨울의 찻집'이라는 곡이 있다. 예전에도 이 곡을 좋아하긴 했지만 그해 겨울을 보내며 나는 이 노래의 가사를 곱씹을 수밖에 없었다. 가수는 가슴 깊숙한 곳에서 끌어올린 뜨거운 음성으로 다음과 같은 대목을 토해냈다.

"아- 아- 웃고 있어도 눈물이 난다-"

카페에 홀로 앉아 커피를 마시거나, 길 옆 담장에 개나리가 피는 모습을 들여다보거나, 누군가와 마주앉아 말없이 쓴 소주를 들이켤 때 나는 웃고 있어도 눈물이 났다.

겨울이 가면 봄이 오듯 자연은 끊임없이 순환하고 사람의 마음도 조변석개한다는 것을 나는 안다. 겨울을 보내고 새봄을 맞는 내 마음에도 순환과 변화가 자리하기를 기대했다.

봄을 보내고 여름이 시작되기 전에 나는 떠났다.

우즈베키스탄으로
가는 길

    2019년 첫날을 제주도에서 보냈다. 한라산 1,100고지 근처 공원에 쌓인 눈은 무릎까지 올 정도로 수북했다. 나는 공원을 한 바퀴 돌며 계절과 날씨가 한시적으로 빚어낸 눈꽃들을 바라보았다. 환하게 피어 있는 눈꽃 위에 한 해를 또 어떻게 보내야 할지 생각을 얹어보았다. 바람이 불거나 따뜻한 햇볕이 내리쬐면 눈꽃은 흔적 없이 사라진다. 그 위에 얹어놓았던 내 생각 또한 산산이 흩어질 테지만, 무엇이 되기보다는 어떻게 사는 것이 중요하다는 심중의 한마디는 몇 날 며칠 계속 살아남았다가 끝끝내 사라지지 않았다.

    제주에 이어 두 달 동안 서해안의 몇 개 섬을 여행했다. 해당화가 피고 진 흔적을 더듬으며 섬마을의 길을 걸었다. 걸음 위에서 수많은 생각들이 똬리를 틀었다. 그 많은 생각의 갈래들이 저절로 나뉘었다. 나는 생각들을 버리거나 챙

기면서 겨울의 끝자락을 보냈다.

봄이 시작되었다. 나는 그동안 중단했던 동해안 해파랑 길 걷기를 다시 시작했다. 걷고 또 걸었다. 많게는 하루에 40킬로미터까지 걷기도 했다. 바다가 내려다보이는 산길을 오르락내리락하며 바다와 바닷바람, 바닷새와 더불어 먹고 사는 어촌 사람들의 청량한 숨결을 느꼈다.

부산 오륙도에서 출발해 울진의 시작점에 들어서기까지 340킬로미터를 걸었다. 무엇이 되기를 바라고 그 길을 걸었던 것은 아니다. 걷다보면 몸이 파김치처럼 늘어지지만 영혼은 맑아졌다. 살아가는 일에 지혜가 부족하여 버려야 할 것을 버리지 못하고 인생이 버겁게만 느껴질 때였다. 나는 해파랑길 절벽에 부딪치는 파도를 보고 또 보았다.

외국에서 한국어를 가르칠 교사를 모집한다는 공고를 보고 지원했다. 서류심사를 거쳐 면접까지 합격했다. 5월 중순에는 영월교육원에 입소해 봉사단원 교육을 받았다. 내가 파견될 나라는 우즈베키스탄이었다. 생소하고 낯선 나라의 문화를 배웠고 우즈베크어도 태어나서 처음으로 접했다.

영월 산골마을의 아침은 언제나 신선했다. 나는 매일 아침 교육원 주변을 산책했다. 길가에는 노란 금계국이 무더기로 환하게 피어 있었고 드문드문 서 있는 야생뽕나무에는 굵은 오디 열매가 가득했다. 건너편 산등성이를 밤새 천천히 오르다가 잠시 쉬어가는 물안개가 휘장처럼 걸려 있었다. 아침마다 맑은 공기를 마시고 고요한 산골의 경치를 눈에 담으며 봉사단원으로서 갖춰야 할 기본 지식과 생활태도를 교육받았다. 열악한 환경에 적응하는 훈련도 했다.

7월 2일, 마침내 우즈베키스탄 타슈켄트행 비행기에 몸을 실었다. 알 수 없는 어떤 운명의 끈이 나를 중앙아시아의 우즈베키스탄까지 데려다주었다.

타슈켄트는 우즈베키스탄의 수도다. 한여름 타슈켄트에서는 그 누구도 작열하는 태양을 피해 갈 수 없다. 햇볕이 살갗을 뚫고 들어오는 것처럼 따가웠다. 한낮에는 길거리를 걸을 수조차 없었다. 50도에 육박하는 뜨거운 열기를 무슨 수로 감당할 것인가. 그럼에도 야외 교육은 일정대로 착착 진행되었다. 조국의 이름을 걸고 봉사하는 사람으로서 자세가 흐트러지면 안 된다는 생각이 들었다. 현지 적응 교육이란 바로 이렇게 진행되어야 한다는 것을 실감했다.

주소지에는
삶의 숨결이 녹아 있다

　어딘가에 서류를 내기 위해 주민등록등본을 떼고 나서 유심히 들여다본 적이 있다. 등본에는 주소를 옮길 때마다 신고한 흔적과 그 기록이 고스란히 남아 있다. 그동안 나는 서울에서 여러 번 이사를 다녔다. 그것은 객지이기도 하고 아니기도 한 나의 서울살이가 녹록지 않았다는 사실을 의미한다.

　길든 짧든 한 시절을 보냈던 주소지 하나하나마다 내 삶의 숨결이 녹아 있었다. 어떤 곳을 떠올리면 입가에 바로 미소가 번질 만큼 기쁜 추억이 아련하고, 어떤 곳에서는 다시 생각하고 싶지도 않은 일들이 있었다. 주소는 그 사람의 숨은 삶을 단 몇 줄로 요약해놓는다.

　주소를 옮길 때마다 짐을 싸고 풀기를 반복해야 한다. 어떤 짐은 다음 이삿짐을 쌀 때까지 풀지 않고 그대로 가져가기도 한다. 그렇다면 그건 사는 데 별로 중요하지 않은 물건인데 버리지 않고 왜 또 가져갔을까? 사는 데 아무 도움이 되어주지 못했던 책꽂이의 책들을 왜 그렇게 기를 쓰고 옮기려고 했을까? 메마른 기억들이 꼬리에 꼬리를 물고 이어지는 오늘, 또 짐을 싼다.

50일간의 타슈켄트 생활을 정리하고 짐을 꾸리려고 보니 사람이 살아가는 데 사소한 것들이 참 많다는 사실을 느낀다. 그다지 중요하지는 않지만 막상 없으면 아쉬운 것들이다. 예를 들자면 손톱깎이가 그렇다. 손톱은 깎아야겠는데 아무리 찾아도 손톱깎이가 없을 때 무지막지하게 올라오는 짜증지수를 감당하기 힘들다. 손톱깎이 하나가 없어도 그러는데 조금 더 중요한 물건은 어떻겠는가?

낯선 이국 생활에 적응하느라 힘들었지만, 그래도 타슈켄트는 이 나라의 수도다. 대도시답게 이방인이 살아가는 데 도움이 되는 편의시설을 나름대로 잘 갖추고 있다. 한국 식당도 많이 있어서 짠맛이 강한 현지 음식에 질릴 때 찾아가서 한식을 먹을 수도 있었다.

한여름 고온을 견디기가 몹시 힘들었지만 열기를 피할 수 있는 그늘도 눈에 잘 띄고 방에 들어오면 에어컨이 시원하게 가동되어 꽤 잘 지낼 수 있었다. 그런 타슈켄트 생활을 오늘로 접는다.

내일 이른 아침 비행기로 싸놓은 짐과 함께 누쿠스로 간다. 누쿠스는 타슈켄트에서 약 1,200킬로미터 떨어진 사막 도시다. 거긴 타슈켄트보다 훨씬 열악한 환경이다. 사막에서 불어오는 거센 바람과 함께 살아야 하는 곳, 주민등록등본에 기록할 수 없는 곳으로 또 한 번 생활의 근거를 옮긴다. 예상치 못한 어떤 일들이 내 생을 에워싸고 주거니 받거니 일합을 겨룰지도 모른다. 흥미진진하다.

조바심을
내지 않는 연습

코이카의 해외봉사단원들은 부임 후 한 달간은 근무지 이외의 지역을 왕래하는 일이 금지된다. 한 달의 시간 동안 앞으로 할 일을 준비하고, 현지에 무사히 적응하는 데 힘쓴 후 임무에 전념하라는 뜻이 담겨 있을 것이다.

실제로 누쿠스에 와서 한 달간은 어떻게 시간이 흘러갔는지 모를 정도로 분주히 보냈다. 아파트에 입주하고 소소하게 준비해야 할 살림살이가 많았다. 가족과 함께 살든 혼자 살든 어디에서나 필요한 물건은 꼭 필요하고 물건의 가짓수 또한 거의 비슷하다. 집과 학교 주변의 지리와 교통을 익혀야 하고 편의시설이 어디에 있는지 알아야 했다. 다른 한편 학교 측과 수업시간을 협의하고 교재와 강의 내용을 준비하느라 바빴다.

근무지 이탈 금지라는 규칙이 있는지도 모르고 한 달이

홀쩍 지나갔다. 그러는 사이에 마음도 좀 더 넉넉하게 여유를 가져야 했다. 특히 새로운 환경에서 새로운 일을 시작할 때는 한 달 정도의 준비기간이 필요하다는 것을 깨달았다.

아직 멀었다고 생각할 때에도 준비기간은 반드시 필요하다. 조바심을 내지 않는 연습이 필요하다. 어디에서 무엇을 하든 조바심을 내지 않고 마음을 잘 다스린다면 시작도 하기 전에 절반은 성공한 것이다.

정전이 되어도 느긋하게 기다릴 줄 알아야 하고, 인터넷 속도가 느리다고 불평하는 일은 말도 안 된다는 것도 스스로 터득했다. 인터넷은 그저 중단만 안 되면 그것만으로 충분했다. 마주 보이는 벽과 얘기하며 혼밥이 아무렇지 않게 되는데도 시간이 필요했다.

사람들과 만나자고 약속했을 때 늦게 나온 사람의 잘못을 따지고 질책하는 데 시간과 감정을 낭비할 필요가 없다는 것을 깨닫는 데도 한 달의 기간은 필요했다. 사정을 알아보면 늦을 수밖에 없는 이유가 있었다. 누구나 언제 어느 때, 뜻밖의 일이 생겨 늦을 수 있기 때문이다.

다마스 버스의 노선을 파악하는 데도 시간이 걸렸다. 물건값도 어지간하면 깎아달라는 말을 하지 말아야겠다고 생각했다. 어두운 밤중에 길을 걸을 때는 곳곳에 패인 맨홀에 빠지지 않도록 천천히 살펴보며 걸어야 한다는 것을 배

웠다. 바람이 불 때 마른 먼지를 피하는 방법을 익히는 데도
시간은 필요했다.

멀지도 가깝지도 않은
바람처럼

바람 소리가 거세다. 창틈으로 비집고 들어오는 소리가 심상치 않다. 처음에는 대로를 오가는 자동차 소리인가 싶어서 커튼을 젖히고 내다봤으나 차는 거의 없고 길은 한산하기만 했다. 바람 소리가 기마병이 몰려오는 영화의 한 장면처럼 요란하다.

지난해였다. 봄이 아직 시작되지 않았을 즈음, 해파랑길을 걸어보겠다고 집을 나섰다. 울산의 조그마한 간이역인 덕하역 근처 민박집에서 하루 종일 걷고 녹초가 된 몸으로 잠을 청하려 누웠을 때였다. 창문이 덜컹거리기 시작했다. 나는 그 소리를 고스란히 들으며 잠을 설쳤다. 인정사정 봐주지 않는 바닷바람은 거칠기만 했다.

여기 와서 그 바닷바람이 다시 생각나는 이유는 하루 종일 창틈으로 이상한 비명을 질러대는 사막의 바람 때문이다. 사막이나 바다나 본질은 같아서일까? 오늘 부는 바람은 한 자락 접고 돌려 말하는 은유적 품위도 없이 무쇠발굽을 단 말처럼 그대로 돌진하기만 한다. 바람이라고 해서 다 똑같은 바람이 아니다. 한때 내가 보았던 바람은 오늘 부는 저 바람이 아니다.

아무도 몰래

그대 가슴에 숨어 들어가리니

그대는 그냥

가슴의 더운 열로

이 허허로움을 받아주시라

안개 덮인 길을 지나

솔향기 물씬 나는 솔숲을 지나

내가 이대로 바람이라면

그대의 머릿결을 휘감고 돌며

자꾸만 실루엣처럼 번져가리니

그대의 흰 미소로

잔잔한 연못의 작은 물무늬처럼

그저 동그랗게

이 차디찬 몸을 받아 안아주시라.

— 졸시, 〈내가 바람이라면〉

현관문을 두드리고 도망가는 짓궂은 아이들처럼 바람이 다가와서 똑똑 창문을 두드리고 간다. 궁금해서 문을 열어 보면 어느새 저만치 달아나서 건너편 가로수 가지를 흔들고 있다.

나와 바람 사이의 거리는 멀지 않고, 손을 뻗어도 잡을 수 없을 만큼 가깝지도 않다. 금방이라도 부드러운 실체가 만져질 듯 다가온 바람이 눈을 크게 뜨고 분주히 움직인다. 막상 다가가 보면 바람은 또 저만치서 애꿎은 나뭇가지만 흔들어댄다. 멀지도 가깝지도 않은 바람처럼 늘 애매한 거리를 유지하면서 살아가는 것이 우리들의 삶이다.

100일,
걱정이 안도로 바뀌는 시간

지난 100일은 긴장하며 적응하는 기간이었다. 막연하게 그려졌던 것들이 하나하나 서서히 구체적인 실체를 드러냈다. 걱정이 안도로 바뀌고 준비가 실천으로 변화되는 흐름을 맛보았다. 더듬거리고 망설이는 순간이 많았다. 이런저런 생각 끝에 삶의 포석을 놓았다. 또한 사석捨石은 과감히 버려야만 활로를 발견한다는 사실을 알았다. 한 번도 가본 적 없는 낯선 길로 방향을 틀어 익숙함에 물들지 않은 삶을 선택했다. 모든 일이 생의 한 과정이라는 사실을 절실하게 깨달았다.

살아가는 방식과 가치관이 전혀 다른 사람들과 눈을 맞추고 잘 알지도 못하는 언어로 소통하기 위해 애를 썼다. 나의 부스러기와 그들의 부스러기가 함께 섞여들며 바람에 마른 먼지가 휘날렸다. 이 모든 일 또한 내 삶의 편린이었고,

나는 이를 점점 자연스럽게 받아들이기 시작했다.

사막의 도시 누쿠스는 바람이 많이 분다. 누쿠스에선 옥 빛 모스크 지붕을 한 바퀴 돌아 아침 해가 뜬다. 때로는 구름과 구름 사이를 뚫고, 때로는 박물관 건물과 건물 사이를 통과하여 솟아오른다. 나는 어느덧 100일을 보냈다.

인간이 대단하게
느껴질 때

출국하기 전에 여섯 가지 예방주사를 맞았다. 네 가지는 무료, 두 가지는 유료였다. 둘 중 하나가 일본뇌염 예방접종이었는데 백신을 구비한 보건소나 일반 병원이 드물어 하는 수 없이 비싼 비용을 부담하면서 소아과를 찾아야 했다.

출국 준비를 하면서 갖가지 상비약들도 챙겼다. 무엇보다도 벌레에 물렸을 때 바르는 약을 빠뜨리지 않았다. 온도가 높고 습한 지역에서는 크고 작은 벌레와 곤충들에게 괴롭힘을 당하기가 예사다. 벌레 때문에 잠을 설치는 일도 흔하고 피부 트러블도 감수해야 한다. 이는 동남아시아 국가에 파견된 봉사단원들의 일상에서 큰 부분을 차지하는 애로사항이다.

예전에 베트남에 잠시 있었을 때 수시로 벽을 타고 오르내리는 도롱뇽과 친하게 지내야만 했다. 모기장을 쳐놓아도 뚫고 들어오는 모기와도 기꺼이 함께 살아야 했다.

우즈베키스탄의 여름은 평균 기온이 45도를 오르내린다. 한낮 최고 기온이 60도를 기록하는 날도 있다. 따라서 한여름에는 외부활동을 자제하라는 지시가 수시로 내려온다. 아침 산책을 하는 강변의 숲길에서 우리나라 여름철에 흔히 보이는 거미를 찾아볼 수 없었다. 공원의 벤치 아래나 잔디 사이에서 개미 한 마리도 볼 수 없었다. 벌이나 나비는 물론 하루살이나 물땅개비도 얼씬하지 않는다. 우즈벡은 수박 생산량이 많고 값이 싸기 때문에 여름이면 수박을 자주 먹는데도 쓰레기통 주위에 파리가 들끓는 그 흔한 모습조차 보기 힘들다.

한여름인데도 밤에 잘 때 모기장을 칠 필요가 없다. 한낮 60도에 이르는 고온건조한 날씨는 곤충의 알이나 애벌레들이 생존하기에 너무 가혹하다. 애벌레들이 도무지 이 날씨를 당해낼 재간이 없는 것이다.

인간이 대단하다고 여겨질 때는 이런 극한 환경을 극복하고 수천 년 동안 누대로 터를 잡고 살아왔다는 사실을 깨달을 때다. 사람들은 척박한 땅에 지하 수로를 건설해 물을 끌어들였다. 운하를 만들어 흐르는 물을 주위에서 늘 만날 수 있게 했다. 사람이 할 수 있는 모든 노력을 다한 뒤 그래도 어쩔 수 없는 게 있다면 받아들이고 적응하며 살아왔다.

우리나라 사람들은 햇볕에 장시간 피부를 노출하는 일을 극도로 기피한다. 자외선을 최대한 차단해야 한다며 선크림을 꼼꼼히 바르는 것도 모자라 토시를 끼기도 하고 선글라스에 모자를 눌러쓰는 등 야단법석을 피운다. 반면에 여기 공사장에서 일하는 건설노동자들은 유난히 더운 날에도 내리쬐는 땡볕을 고스란히 받아들인다. 웃통을 벗고 맨몸으로 뜨거운 볕을 친구 삼아 일한다. 더 이상 무슨 말이 필요하랴!

영혼의 무게도
재봐야 한다

20여 년 전, 하노이에서 아주 잠깐 산 적이 있다. 그때 길거리에서 체중계를 앞에 두고 앉은 채, 몸무게를 잴 손님을 기다리거나 직접 들고 다니면서 체중을 재보라고 권유하는 사람들이 있었다. 물론 체중을 잴 때마다 약간의 돈을 받았다. 한국에서는 볼 수 없는 독특한 풍경이었다. 궁금했던 자신의 체중을 아는 대신 가격을 지불하는 것이지만, 돈을 내는 손님의 입장에서는 체중이 줄면 준 대로, 늘면 늘어난 대로 돈을 내는 셈이다.

시장에서 거래할 때 무게를 기준으로 사고파는 물건들이 있다. 고철이나 헌책 등 재활용품도 무게가 기준이 된다. 마트에 진열된 몇몇 음식도 품질이나 종류가 아닌 무게에 따라 가격이 매겨진다. 그럴 때마다 이상하다는 생각이 꼬리에 꼬리를 문다. 무거운 것이 왜 더 비싸야 할까? 몸무게가 그랬으면 좋겠다. 많이 나가는 대가로 인격과 품위도 함께 올라가면 좋겠다. 학식과 지성도 같이 풍부해지면 좋겠다. 무거워지는 대가로 덕망도 올라가고 품성도 너그러워지면 참 좋겠다.

나는 몸무게를 자주 재지 않는다. 왜 인체에 매겨지는 숫자를 꼬박꼬박 측정하며 살아야 하는지 사실 잘 모르겠다. 몸무게를 재는 것만이 다가 아니라고 생각한다. 때로는 마음의 무게, 다시 말해서 영혼의 무게도 재보거나 달아봐야 하지만 현실적으로 그렇게 할 수 없다.

육신의 무게는 가볍게, 정신의 무게는 무겁게 다스려야 좋은 사람이 될 텐데 아직 갈 길이 멀다. 내가 좋은 사람인지 스스로 질문했을 때 쉽게 답이 나오지 않는다면 삶은 무거운 것인가, 가벼운 것인가.

맵시 있는
삶

'맵시'라는 말이 있다. 아름답고 보기 좋은 모양새라는 뜻이다. '맵시 있다' 혹은 '맵시 난다'라는 말로 주로 쓰이지만 요즘 많이 사용하는 표현은 아니다. '제멋에 산다'고 할 때의 '멋'이 맵시와 상통한다. 맵시란 결국 제 눈에 안경이다. 남의 눈에 아름답고 보기 좋은 모양이 아니라 자신의 눈에 비치는 어떤 부분이 아름답고 보기 좋을 때 맵시 난다고 생각하는 것이다.

겨울에 부츠를 신은 여성, 바람 부는 날 버버리코트를 입은 남성에게서 은연중에 풍겨 나오는 매력이 바로 맵시다. 촉촉한 물기가 점점 말라가는 삭막한 세상에서 남이야 보든 말든 스스로 생각하는 맵시 하나쯤 있어야 살 만하지 않겠는가.

실크 공장을 답사하고 나서 알록달록한 머플러를 하나

샀다. 몇 푼 되지 않는 돈으로 내게 어울리겠다 싶은 색상을 골라 목에 두르니 한껏 폼이 났다. 이 순간에는 제멋에 산다는 말을 들어도 기분이 좋을 것 같다. 그게 바로 맵시니까.

자칫 겉모습에만 신경 쓰는 사람으로 비치지 않을까 염려되기도 하지만 외유내강의 자세를 유지한다면 그 정도쯤은 괜찮지 않을까. 안과 밖이 조화를 이루고 지식과 행동이 균형을 이루며 모자라거나 넘치지 않는 삶을 살기를 희망한다. 그게 바로 맵시다. 세상은 넓고 살아가는 방식은 다양하다. 어디서 무엇을 하며 살더라도 자신의 본질은 변하지 않는다. 항상 자기 눈으로 자기 자신을 바라보아야 한다.

안부를 묻고 노고를 위로하고 용기를 주고 격려를 담은 장문의 이메일이 왔다. 보통 이런 장문의 메일은 맥락을 이해하고 행간을 읽어내야 하는 노력이 수반된다. 국가에서 지급하는 비용으로 생활하는 봉사단원들이 자칫 삶의 기본 자세를 잃어버리지는 않을까 염려하는 마음이 숨어 있다.

언제 어떤 환경에 놓여 있든 영혼과 육체 모두 맵시가 있어야 한다. 가족과 친구들 곁을 떠나 낯선 땅에서 홀로 크리스마스를 보내며 스스로 묻고 답한다. 부디 맵시 있는 삶을 살 수 있기를!

비워야
채워진다

누쿠스에 비가 내렸다. 여기서는 비 오는 날이 특별하다. 공중을 떠돌던 사막의 모래 먼지들이 몸을 낮춰 바닥에 엎드리기 때문이다. 오늘 내리는 비는 세차게 쏟아지지 않고 내리는 듯 마는 듯 은근하고 겸손하다. 그렇기에 사람들은 우산을 쓰지 않는다.

누쿠스의 비는 몇 끼 굶은 사람처럼 허리의 곡선이 유연하다. 여기서 비는 직립으로 떨어지지 않는다. 빠르게 스쳐 지나가 얼굴이 보인 듯 보이지 않는 긴 머리 여인의 뒷모습을 닮았다.

비가 오는 날은 아파트 단지 안에 떠돌던 소리들도 모두 자취를 감춰 고요하다. 가로수 가지들은 오랜만에 빗물에 젖었다. 건조한 피부가 촉촉해진다. 마른 먼지의 무서운 침입을 막기 위해 닫아놓았던 창문을 모처럼 활짝 열었다. 비로 인해 허리를 잔뜩 낮춘 먼지들은 잠시 동안 일어설 기미를 보이지 않을 것이다. 비가 울퉁불퉁 구르던 생각들을 조금씩 다듬어간다.

노트북을 켜 휴지통을 비우고 보관이 필요한 메일과 삭제해야 할 메일을 구분한다. 기억해야 할 이름과 날짜를 따로 메모해둔다. 위로와 격려가 필요한 친구에게 카톡 메시지를 보낸다. 진작 안부를 전해야 했는데 미뤄두었던 분들에게 비 오는 날의 감성으로 마음을 열어 메시지를 전송한다. 거칠었던 시멘트 길이 오랜만에 조금씩 젖어갈 때 건조하게 말라만 가던 내 마음도 축축하게 젖어온다.

모처럼 마음이 넉넉히 젖는 날, 방 안 가득 커피 향이 스민다. 방에 스민 커피 향은 한동안 내 곁에 머물다가 떠날 것이다. 무엇이든 존재와 부재를 구분하는 것이 얼마나 허무한 일이던가. 쓰다 만 보고서와 미완성 작품과 떠도는 문장들이 서로 뒤엉켜 매듭이 풀리지 않을 때 한 잔의 커피는 입에 쓰지만 깊이 잠들어 있던 감각을 일순간 깨우는 재주가 있다. 좋은 문장을 쓰기 위해서는 감각의 각성이 필요하다.

살아가는 일이 늘 그렇다. 감각의 각성은 존재를 증명한다. 그것은 내 삶이 너무 무겁거나 결코 가볍지 않다는 것을 배워가는 과정이다. 지난 시간의 고비마다 나는 무엇이 되기 위해 그토록 애를 썼던가. 비워야 채워지는 이치를 여기

와서 새로 배우는 셈이다.

비 오는 날은 높낮이가 뚜렷하게 울컥거리던 감정의 파장도 차분히 가라앉는다. 음악도 이제 클래식과 대중가요를 균형 있게 들을 줄 아는 요령이 생겼다. 예술의 세계에서 우열이란 있을 수 없고, 단지 장르가 다를 뿐이라는 사실을 새삼 깨닫는다.

가사로 전달되는 단어마다 비 오는 날과 맑은 날 사이에 맥락과 의미가 다르다는 것을 느낀다. 가라앉은 생각의 앙금을 저어놓고 물 위를 떠도는 부유물 중에 몇 가지를 건져 쓰레기통에 버렸다. 방 안에 스민 진한 커피 향 속에 많은 사람의 얼굴이 나타났다가 사라졌다. 나는 그것을 그리움이라 부르기로 한다. 오늘 누쿠스에 비가 내렸다.

돌아보고
경계할 때

출국 이후 숨 가쁘게 달려왔다. 몸보다 마음이 더 그랬다. 태어나서 처음 밟는 땅, 낯선 환경에 적응하기 위해서 먹고 자고 숨 쉬는 일 모두 긴장의 연속이었다. 모국어도 아니고 한국에서 그나마 접할 수 있는 영어나 중국어, 일본어도 아니고 중년의 나이까지 들어본 적 없는 새로운 언어로 살아야 했던 것도 한몫했다.

한국어를 가르치는 수업시간도 마찬가지였다. 단순히 한국어를 사용하는 일은 어려울 게 없지만 학습자들이 이해하기 쉬운 한국어를 사용하는 일은 어려웠다. 게다가 능숙하지도 않은 우즈베크어와 영어를 토막토막 말하자니 어떨 때는 스스로가 부끄럽고 난처했다. 어쩔 수 없이 적응하고 소통하기 위해서 부끄러움을 감수하고 입에서 나오는 대로, 속된 말로 들이댔다.

우즈벡 생활이 벌써 6개월째로 접어들면서 아직 완전히는 아니지만 어느 부분에서는 조금씩 긴장이 풀리고 있다. 특히 먹고사는 일에서 그렇다. 혼자 밥을 짓고 뜨끈한 국을 끓이는 일에 익숙해졌다. 김치와 깍두기를 담가 먹고 통통한 무를 썰어 무채를 만들어 먹기도 한다.

입맛이 없을 때는 감자튀김을 만들어 맛있게 먹었다. 지독한 감기를 앓고 난 다음에 벌어진 일이다. 익숙함을 경계하라. 평소 내 지론이다. 다시 내 생활을 돌아보고 경계할 때가 되었다. 이 나이가 되어도 삶에서 긴장이 좋은 건지 느슨함이 좋은 건지 판단하기 어렵다. 아마 생이 다하는 날까지 그럴 것 같다. 어떻게 해야 하나!

반가운
전기장판

티 없이 맑은 하늘이 이어지기만 하던 날씨가 겨울로 접어들면서 흐린 날이 많아졌다. 흐린 날엔 바람이 더 많이 불고 기온도 뚝 떨어진다. 개활지를 점령하여 잿빛 막사를 설치하며 주둔지를 확장해가는 군인들처럼, 어디에 흩어져 있다가 목동의 신호에 일제히 모여드는 목초지의 양떼처럼, 구름은 순식간에 가지각색으로 그림자를 드리운다.

누쿠스의 겨울 날씨는 구름이 많고 음산하다. 구름이 많은 날, 거리는 유달리 한산하다. 늘 한곳에 모여 담배를 나눠 피고 높거나 낮은 소리의 파장을 그리면서 세상일에 관해 열띤 토론을 벌이던 한 무리의 사람들도 벌써 눈치를 챘는지 자리를 피하고 없다. 그곳 그 자리에 그 사람들이 없다는 것, 작은 골목길에 나타나는 조그마한 징후 하나로 도시 전체의 분위기를 파악할 수 있다.

잿빛은 주로 그림의 배경이나 바탕색으로 쓰인다. 때로는 배경에 색을 칠하지 않고 여백으로 그냥 남겨두어도 흉이 되지 않는다. 하지만 중요한 것은 모든 색은 잿빛에 덧칠할 때 더 짙어진다는 사실이다. 자신도 모르게 어떤 무리에 휩쓸려 밀려왔다가 절벽에 부딪치고 나서야 속절없이 물러나는 파도처럼, 흐린 날 길을 걷는 사람들의 마음에도 크고 작은 파문이 일어났다 사라지기를 반복한다.

마침 봉사단원들의 생활을 지원하는 물품이 도착했다는 문자메시지가 왔다. 진작 보내준다고 예고한 것들이라서 개인적으로 구입하지 않고 기다렸는데 겨울이 더 깊어지기 전에 와서 그나마 다행이다.

약상자는 모든 봉사단원들이 학수고대하던 품목이다. 낯선 타국에서 아프면 아픈 것도 서러운데 참 난감하기가 이를 데 없다. 현지 약국에 가거나 병원에서 진료를 받기에 앞서 의료용어부터 정확히 파악해야 하고 진료받는 절차도 복잡하다. 약상자 안에 꼭 필요한 약품들이 골고루 구비되어 있는 것을 보니 안심이다. 앞으로 생활하는 데 요긴할 것이다.

무엇보다 반가운 것은 전기장판이다. 이번 주까지 기다리다가 오지 않으면 일단 시장에 가서 하나 사겠노라 마음먹었던 참이었다. 전기제품이다 보니 아무래도 품질이 의심스러워 조금 망설였는데 본부의 지원물품에 포함되어 있다는 사실을 알고는 정말 기뻤다.

이 밖에도 생활에 도움되는 여러 가지 물건들이 세심하게 채워져 있었다. 이럴 때 한국이라는 내 나라가 정말 자랑스럽고 고맙다. 생필품이라 하더라도 있으면 좋고 없으면 없는 대로 그냥 적응하며 사는 것이 단원들의 숙명이다.

누쿠스의 길거리는 도로 포장이 완벽하지 않아서 땅 곳곳에 뚫린 맨홀이 많다. 이 사실을 알리는 표지판도 없어서 어두운 밤에는 특히 더 위험하다. 미국의 봉사단원, 한국의 의료 봉사단원 한 명과 함께 저녁을 먹고 돌아오던 어느 날이었다. 거리는 어둑어둑해졌는데 맨홀이 수시로 나타나서 진땀을 흘리며 땅만 보고 걸어갔던 기억이 생생하다.

거리 곳곳에 뚫려 있는 맨홀을 알아서 잘 피해 다녀야 하고, 구름이 해를 가려 그림자가 드리워지더라도 마음에 일렁이는 파문을 다잡아 물결을 잔잔하게 유지하는 일이 이곳에 파견된 봉사단원들의 바람직한 자세이자 태도이고 삶이다. 한국 대학병원에서 치료받기 위해 귀국한 동기 단원이 입원했다가 이제 통원 치료로 전환했다는 소식을 전해왔다. 속히 완쾌하여 그의 일상이 편안해지기를 바라는 마음이다. 구름 낀 누쿠스의 거리가 한산하듯 내 마음에도 여백이 더 많아지면 좋겠다.

누쿠스의
보따리장수

　'보따리장수'라는 말이 처음 피부로 와닿은 순간은 인천 항에서 톈진항을 오가는 배 안에서였다. 인천에서 중국 톈진으로 갈 때 보따리 안에는 주로 공산품이 들어 있다. 톈진에서 인천으로 향하는 보따리에는 주로 농산물이 담겨 있다. 출발지와 도착지가 반대인 두 보따리는 서로 다른 속을 품고 바다를 건넌다. 보따리장수를 좀 더 생생하게 목격한 것은 20여 년 전, 몽골 울란바토르에 가기 위해 탑승한 몽골항공 기내에서였다.

　보따리장수에게서는 끈질긴 생명력과 더불어 난관을 극복하려는 투지, 기존 질서에 대한 반항 같은 게 읽힌다. 거친 장바닥에서도 하루하루 삶을 꿋꿋이 이어가는 근육질 남성의 투박함이 보이고, 이 눈치 저 눈치 보지 않고 무거운 짐을 머리에 인 채 동분서주하는 여인의 근면성이 얼비친다.

한국의 각종 공산품들은 보따리에 실려 톈진항으로 옮겨져 중국 내륙 구석구석까지 뻗어간다. 마찬가지로 울란바토르 행 보따리는 몽골로 간다. 어떤 물건들은 한국에서 태어나 중국과 몽골, 시베리아 등의 내륙운송 루트를 거쳐 카자흐스탄이나 이곳 우즈베키스탄까지 넘어와서 중앙아시아 전역에 골고루 자리를 잡는다.

내가 사는 누쿠스에도 한국 물품들을 취급하는 보따리장수가 있다. 물건들의 종류는 화장품과 주방용품, 일상 생활용품 등으로 다양하다. 이곳에서 만날 수 있는 물건들은 주로 카자흐스탄을 통해 들어오는데, 보따리장수들은 가끔 수도인 타슈켄트에 가서 한국 물건을 직접 가져오기도 한다.

택시 트렁크와 루프에 물건을 한가득 싣고 타슈켄트에서 누쿠스까지 약 1,200킬로미터에 이르는 길을 무려 열두 시간 동안 입에서 단내가 날 정도로 쉬지 않고 달려온다. 물품의 단가를 고려하면 도저히 수지가 맞지 않을 것 같은데도 이런 비즈니스를 계속하는 걸 보면 내가 모르는 별도의 계산법이 있는 게 확실하다. 그러지 않고서야 이 먼 곳에 이르는 물류운송비를 어떻게 감당하겠는가.

보따리장사는 원천적으로 무역이라는 말과 다를 게 없다. 하지만 보따리, 보따리장사, 보따리장수라는 말이 갖는 독특한 향기와 향수가 있다. 이 말들 속에 역사의 흐름이 보이고 사회문화적 구조가 드러난다. 또한 인간의 오랜 욕구와 생존조건을 동시에 생각나게 한다.

오늘 저녁, 옷을 빨기 위해 세탁기를 돌리면서 지금 내가 쓰는 세제가 어디에서 와 내 손에 들려 있는지 생각하다가 문득 누쿠스의 보따리장수가 한 말이 떠올랐다.

"오늘 한국 물건 들어왔어! 바빠!"

노력해도
고쳐지지 않는 일들

아무리 노력해도 잘 고쳐지지 않는 일들이 있다. 예를 들자면 아주 사소한 거라서 말하기도 부끄럽지만, 뜨거운 국물이 담긴 그릇을 들면서 늘 뜨거움을 의식하지 못하고 그냥 맨손으로 불쑥 드는 일이 바로 그런 것 중 하나다. 아무 생각 없이 그릇을 들다가 내동댕이치기 일쑤다. 바닥에 흥건하게 쏟아진 국물과 건더기를 넋 놓고 바라보다가 그것을 치우면서 드는 난감한 마음을 유난히 주체할 수 없을 때가 있다.

음식을 데우기 위해 전자레인지에 넣어놓은 다음 다 데워졌다는 기계음이 들리자 아무 생각 없이 전자레인지 문을 열고 손을 쑤욱 집어넣었다. "앗! 뜨거워!" 소리가 절로 나왔다. 이렇게 몸서리를 치며 손을 덴 적이 한두 번이 아니다.

몇 번 혼이 나갔다 돌아오면 몸이 자동적으로 반응을 보일 법도 한데 나는 왜 이런 일이 몸에 익지 않고 서툴기만 한지 모르겠다. 국물을 끓이거나 물을 데우기 위해 가스레인지 불을 켜놓고 작업실에 와서 몇 줄 글을 쓰거나 책을 읽고 있을 때는 가스 불을 켜놓았다는 사실을 완전히 잊고 만다. 결국 타는 냄새가 진동하거나 코펠 바닥이 시커멓게 눌어붙는다.

이런 일을 겪고 자칫하면 사고가 날 것 같은 불안감에 휩싸이기도 한다. 문이란 문은 다 열어 환기를 시키고 난 다음, 한참 동안 진정하기 위해 소파에 앉아 있으면 앞문에서 뒷문으로 바람조차 고독한 모습을 하고 몰래 지나간다.

오븐장갑을 하나 사야지 했다가도 그냥 잊어버리는 심사를 도무지 이해할 수 없다. 오늘 아침에 덴 자리가 시리고 후끈거리고 불편하기 짝이 없다. 장갑을 사지 않고 있는 나에게 "니가 당해봐야 알지." 하는 것 같다. 필요한데 평소에는 그 필요성을 인식하지 못하는 것이다.

거대담론에 몰입하다 보면 일상의 작은 부분을 놓치기 십상이다. 한두 번 당하고 나면 몸의 반사작용이 일어나야 하는데 나는 왜 이렇게 이런 일에 둔감한지 모르겠다. 스스로 생각해도 행동이 어설프고 서툴 때가 많다. 어디서부터 어떻게 해야 할 것인지 되짚어봐야 한다.

크고 거창한 일에 목표를 두고 번듯하게 일 처리를 하는 것이 폼 날 때가 많지만, 칼질을 잘못하여 손가락을 베거나 뜨거운 그릇을 덥석 집다가 손을 데는 사소한 일들로 인해 큰일을 그르칠 때가 있다.

　내가 1종 보통 운전면허를 취득한 해가 1992년이니 벌써 30년 가까이 되었다. 그동안 운전하면서 사고를 낸 적이 없다. 운전 같은 기능의 문제라면 분명히 수준을 끌어올릴 수 있을 것 같다. 나는 왜 이렇게 사소하다 싶은 일에 서툴고, 의식 없는 서툰 행동에 몸서리를 치는 것일까?

달의
행로

집에 들어와 불도 켜지 않은 채 창가에 섰다. 오랜만에 보름달을 보고 있자니 달의 표면에 스며 있는 비화祕話들이 스멀스멀 올라온다. 뭐라고 정확하게 호명할 수 없는 벌레가 어두운 벽 위를 기어가는 것처럼 감정이 울렁인다.

지난 보름 동안 저 달은 빈 곳을 꽉 채우기 위해 사막에선 바람을 일으켜 부옇게 먼지를 날렸을 것이고, 바다에선 파도를 일으켜 절벽 앞에서 혼절하게 했을 것이다. 그렇게 보름 동안 채웠다가 다시 보름 동안 비워내는 달의 행로를 따라가다 보면 반반한 것 하나라도 채운 게 없고, 채우지 않았으니 비울 것도 없는 내 삶의 궤적을 만난다. 오늘 내가 사는 길은 단순하고 명쾌하다. 더하거나 뺄 게 없다. 늦은 밤까지 내 방 창문을 떠나지 않는 저 보름달 앞에서 팔짱을 낀 채 우두커니 서서 나의 여정을 그려본다.

기억과
상상

붕새는 한 번의 날갯짓으로 9만 리를 날아간다고 한다. 《장자》의 〈소요유逍遙游〉편에 나오는 얘기다. 4킬로미터가 10리이니 9만 리면 3만 6,000킬로미터다. 지구의 둘레가 약 4만 75킬로미터라고 하니 붕새가 한 번 날갯짓을 하면 지구 둘레의 85퍼센트를 날아가는 셈이다. 고대 중국 사람들은 허풍이 심했던 것 같다. 상상은 자유이니 무슨 상상을 못 하겠는가 싶다.

고등학교 역사 수업 때 처음 들었던 표현이 두 가지 있다. '냉한삼두冷汗三斗'와 '백발삼천척白髮三千尺'이 그것이다. 냉한삼두는 식은땀을 서 말이나 흘렸다는 뜻이고, 백발삼천척은 흰 머리가 삼천 척이나 된다는 말이다. 과장이라고 해도 너무 심한 과장이다. 당시 선생님이 무슨 맥락에서 그 표현들을 사용하셨는지는 기억나지 않지만 그 언어들 자체는 내 머릿속에 또렷하고 생생하게 남았다. 과장을 하려면 이 정도는 해야 하지 않을까? 현실과 동떨어진 과장은 상상이고 문학이다.

1999년 말, 세상은 온통 밀레니엄버그가 생길 거라며 불안에 떨었다. 벌써 20년도 더 지난 얘기이지만 돌이켜 보면 컴퓨터나 전산 프로그램으로 먹고사는 사람들이 일반인들을 대상으로 한바탕 사기를 친 것이 아닌가 할 정도로 예상은 완전히 빗나갔다. 밀레니엄버그는 세기말적 감성이 불러온 과장이었다.

이미 지나간 과거는 기억의 영역이고, 앞으로 다가올 미래는 상상의 영역이다. 다가올 새해에는 내 앞에 또 어떤 일들이 펼쳐질 것인가를 상상하다 하루가 오고 가고, 한 달이 오고 가는 일상의 반복에 불과한 것 아닌가 하는 생각에 이르자 문득 맥이 풀렸다.

이제 꿈과 희망을 바라보고 상상하는 나이는 지나버린 것일까? 미지의 세계에 대한 동경과 새로운 것을 향한 호기심이 남아 있는 한 생의 후반부까지 결코 시간을 관리하는 일을 포기할 수 없다.

올해는 1년 중 반년을 산천이 다른 환경에서 살았다. 이민은 물론 유학과 짧은 여행 등의 이유로 해외 경험을 하는 사람들이 점점 늘어나 낯선 나라에서 지내는 내가 특이하거나 별나다고 볼 순 없다. 하지만 익숙한 일상에서 벗어나니 눈에 보이는 대부분의 것들이 새롭다. 스스로 새로운 것들을 보기 위해 노력도 했다. 루틴에서 벗어나면 불편이 따르는 것은 당연하다고 생각하며, 그 불편조차도 새로운 인식의 대상으로 삼으려고 했다.

해가 바뀔 때마다 내게 주어진 시간 앞에서 그런 자세와 태도를 늘 견지하겠다는 다짐을 해본다. 나는 무엇을 위해 지금 여기에 살고 있는가? 이 질문에 의미 있는 답을 만들어야 하는 것이 내 삶의 화두다. 지금 발 딛고 서 있는 이곳의 현실을 기반으로 다가오는 날들을 활기차게 맞이하려고 한다. 활기를 잔뜩 불어넣은 채로 내일을 상상한다.

달빛을 여백으로
색을 칠하는 시간이 좋다

낮에는 하늘이 티 없이 맑더니 야심한 밤, 불 꺼진 방 창
문 너머로 들어오는 달빛이 유난히 밝다. 음력으로 보름밤
이다. 이런 날은 파도 소리가 유달리 거세고 물결은 밤새 몸
을 뒤척인다. 달의 에너지가 해수면을 끌어올리고 밀어내는
힘이 된다.

환한 달빛이 쏟아지는 이런 밤엔 나도 잠이 달아나서 온
갖 상상의 그림을 그려 달빛 창문에 내다 걸곤 한다. 어떤
그림은 선이 뚜렷하고, 어떤 그림은 원근이 조화롭고, 또 어
떤 그림은 여백이 넓어 마음이 쓰리다. 밤이 가고 아침이 오
면 몽땅 지워져버리는 그림이지만, 이 나이에도 달빛을 여
백으로 하여 백지에 색을 칠해보는 시간이 있으니 좋다.

식혜

혼자 살다 보니 끼니를 때우는 방법에 도가 텄다. 만사가 귀찮을 때는 먹는 것도 싫어질 때가 있다. 그래도 기운 내려면 뭐라도 먹어야 하는데, 그러려면 방법은 둘 중 하나다. 식당에 가서 사 먹든지 아니면 집에서 만들어 먹든지.

사소한 음식이라도 한두 번 요리하다 보면 먹는 것 보다 만드는 과정이 더 재미있을 때가 있다. 음식은 만드는 과정에서 창조력이 발휘된다. 레시피가 머릿속에 없어도 괜찮다. 세상이 좋아져서 인터넷으로 요리법을 검색하면 레시피는 기본이고, 이 재료를 쓰면 이런 맛이 나고 저 재료를 쓰면 저런 맛이 난다는 여러 선택지가 나온다. 맛을 극대화하기 위해 추가적으로 넣는 재료와 요리 꿀팁까지 자세하게 얻을 수 있다. 요즘은 특히 유튜브 영상을 찾아서 따라 하는 방법이 편하고 좋다.

그러나 레시피를 그대로 따라 해도 요리에 실패할 수 있다는 걸 여러 번 깨달았다. 음식 맛이 달라지거나 기상천외한 맛이 새로 만들어지기도 한다. 주재료나 부재료의 양 조절을 제대로 하지 못하거나 더 익히든지 덜 익히든지 하는 식으로 불 조절을 잘못해서 생기는 결과다. 도저히 먹을 수 없는 맛이 창조되었다 싶으면 하는 수 없이 버리지만 웬만하면 억지로 꾸역꾸역 먹는다. 내가 직접 만든 음식이니 버리기가 더 아깝다.

문득 달달한 식혜가 먹고 싶었다. 한국이라면 마트에 가서 한 병 사오는 걸로 간단히 끝날 일인데 여기는 식혜를 팔지 않는다. 지난 추석 때 코이카 본부에서 명절 기념으로 보내준 선물상자 안에 집에서 만드는 식혜 재료가 들어 있었던 사실이 기억났다. 관심이 없어 방치해뒀던 것을 마침내 오늘 꺼내본다.

재료의 양을 조절하는 일이 까다로웠다. 전기밥솥이 작아 식혜 재료를 다 쓰기가 어려워서 1.5리터 물 한 병만 붓고 재료는 3분의 1만 넣었다. 마침 밥통에 공깃밥 한 그릇 정도가 남아 있어 밥을 새로 할 필요가 없었다. 밥솥에 티백 두 개를 넣은 다음 보온 스위치를 누르고 네 시간을 기다렸다.

술을 만들 때 누룩을 사용하는 것처럼, 식혜를 만들 때 발효를 돕는 효소가 티백 안에 들어 있었다. 만드는 과정은 꽤 복잡한데 먹고 마시는 일은 간단하게 끝나니 어떨 땐 요리라는 일이 참 공허하다. 매일 찬거리를 고민하며 요리하던 아내의 심정을 이제야 알 것 같다.

대화는
맥락을 주고받는 일

사람과 사람 사이를 흐르는 감정의 유로에는 특별한 힘이 깃들어 있다. 서로 의사소통이 되지 않아도 사람들은 존경어와 비속어를 구분할 줄 안다. 무릇 모든 언어에는 인간의 감정이 녹아들어 있기 때문이다.

언어를 이루는 것은 문자와 의미 외에도 많다. 발음의 고저와 음의 장단, 성조와 억양 등이 그것들이다. 각 문화권과 나라에 따라 조금씩 차이는 있을지라도 모든 언어는 이와 같은 특성을 지닌다. 비속어와 욕설, 상스러운 말 또한 문자와 의미로 이루어져 있을 뿐만 아니라 발음과 억양 등이 그 성격에 맞게 구성되어 있다.

우리는 그것을 전후좌우의 상황을 고려하는 맥락이라 부른다. 사람과 사람이 나누는 대화는 결국 맥락을 주고받는 일이다. 그러므로 어떤 외국어를 유창하게 구사하든, 더듬거리면서 말하든, 단 하나도 모르든, 상관없이 비속어, 욕설, 상스러운 말을 섞어 쓰면 말하는 순간의 감정이 그대로 상대방에게 전달된다. 외국인과 말이 통하지 않아도 서로 마음이 잘 통하는 것 또한, 바로 이 때문이다.

실크로드의 땅 우즈베키스탄에 와서 우즈베크어를 더듬거리며 사람과 사람 사이를 바쁘게 오가고 있다.

누쿠스의
겨울

겨울 등산은 단연 태백산이다. 해마다 겨울이 되면 흰 눈에 쌓인 태백산으로 향했다. 천제단에 올라 사방에서 불어오는 칼바람을 맞고 있으면 생의 혹한이 얼마나 되든 견딜 수 있을 것 같은 생각이 든다. 천년을 견디고 서 있는 꿋꿋한 고사목 앞에서 인생의 애환은 그저 짧고 덧없기만 하다.

한겨울 아름다운 눈꽃을 마주하기 위한 등산에서 영월 백덕산과 가평 명지산을 빼놓고는 이야기할 수 없다. 설경은 가평 명지산이 단연 으뜸이다.

어느 해 눈이 무릎까지 쌓인 날 백덕산을 함께 오르던 친구는 벌써 먼 곳에 가 있다. 당시에 이미 투병 중이던 친구는 내게 겨울 백덕산을 못 가보고 생을 마감한다면 너무 억울하지 않겠느냐고 의연한 자세를 보여주었다. 오늘따라 유독 그 친구가 생각난다.

어떤 상황에서도 꿋꿋하고 의연하게 사는 것, 그것을 내게 주어진 운명이라 생각하고 살 것이다. 눈꽃은 소담스럽게 피었다가 스르르 사라지는 운명을 갖고 태어난다. 오래 버텨보겠다고 이 악물고 연연하는 모습을 보여주지 않는다.

눈길을 걸으며

눈을 밟을 때마다

앙칼진 눈빛으로 떠도는 삶을

허기진 마음으로 촐싹대는 걸음걸이를

침엽수 가지 끝에 날카롭게 피어 있는

눈꽃 위에 얹어본다

살 부비며 살아 있다는 증거를 보여줄 여유도 없이

먼지를 털어내며 치욕의 과거를

돌이켜볼 시간도 없이

눈꽃은

그게 그렇다는 듯이

그냥 그렇게 사라지고 없다

— 졸시, 〈풍경인의 무늬여행〉에서

누쿠스의 겨울은 11월 초부터 시작되었다. 일교차가 커서 아침에 기온이 뚝 떨어졌다가 낮이 되면 잠깐 영상으로 회복하고, 오후로 넘어갈수록 바람이 불고 추워지기를 반복한다. 몸이 적응하기가 쉽지 않다.

누대로 여기서 살아온 사람들이야 이러한 환경에 신체가 잘 버티고 늘 그러려니 하며 잘 지낼 것 같아도 반드시 그렇지도 않다. 현지인들도 감기를 달고 산다. 그래서일까, 누쿠스의 거리에는 약국이 많다.

처음으로 우즈베키스탄의 눈꽃을 만난 오늘도 바람이 매섭다. 하지만 이 겨울은 어떻게 해서든 지나가고야 말 것이다. 딸이 보내준 롱패딩을 입고 누쿠스의 겨울을 의연하게 견디고 있다.

버려도 버려지지 않는
세계가 있다

타슈켄트에서 교육을 마친 후 이른 아침 비행기를 타고 누쿠스로 돌아왔다. 집에 들어와 옷을 벗지도 씻지도 않고 그대로 곯아떨어졌다. 깊은 잠의 계곡으로 서서히 걸어 들어간다. 그러다 렘수면으로 바뀌어 영월교육원 건너편 산허리에 물안개가 피어오르는 모습이 나타났다.

눈을 떠서 좌우를 살피다가 어느새 다시 눈이 감겼다. 긴 잠의 꼬리가 꼬리연처럼 날아다녔다. 연은 솟구치다가 곤두박질치고 어느새 다시 일정한 높낮이로 움직인다. 바람의 눈치를 살피며 수평을 유지하던 연이 바람이 손을 놓아버릴 때 몸을 바꾸는 것처럼 잠에 취해 스르르 몸을 뒤척였다.

선잠의 꼬리가 흔들릴 때는 생각이 많아졌고 갑자기 천장의 높이가 낮아지면서 가위에 눌렸다. 어느 날은 몸이 무겁고 다른 날은 언제 그랬냐는 듯 몸이 가벼워진다. 잠의 깊

환한 달빛이 쏟아지는 이런 밤엔 나도 잠이 달아나서

온갖 상상의 그림을 그려 달빛 창문에 내다 걸곤 한다.

어떤 그림은 선이 뚜렷하고, 어떤 그림은 원근이 조화롭고,

또 어떤 그림은 여백이 넓어 마음이 쓰리다.

이 또한 그러하다. 생각의 끈을 놓아버릴 때 잠의 계곡은 시작되고 그 깊이는 끝없이 깊어만 간다. 깊은 잠에서 깨어나면 몸이 가뿐하다. 머릿속은 채워질 것들을 기대하며 빈 공간이 넓어진다.

피로에서 돌아오는 길이 멀다. 그 길은 하루가 걸리기도 하고 이틀이 걸리기도 한다. 우리는 해가 지고 바람이 불 때를 미리 가늠할 줄 알아야 한다. 바람은 자주 지혜의 조각들을 길 위에 날리고 선잠의 투정을 못 이기는 척 받아준다. 잠이 투정을 부려 머물기 시작할 때 몸이 무거워진다. 나이 탓인가? 아니다. 나이 탓이라고 생각하기 때문에 투정만 늘어가고, 바람은 자꾸 그 꼬리를 붙잡고 놀리는 듯 흔들어댄다.

누쿠스를 감싸고 도는 바람은 누구의 탓이라고 콕 집어 말하지 않는다. 다만, 깊은 잠을 소중히 여기라고 전한다. 몸이 무거워질 때 잠의 계곡으로 깊이 빠져드는 것을 일부러 멈추지 말라고 한다. 먹고 자는 일 그 자체가 바로 사람의 인생이다. 그것은 길 위의 마른 먼지처럼 여기서 저기로 잠깐 위치를 바꾸는 일이기도 하다. 이것저것 뭉뚱그려 운명이라는 바구니에 한데 모아놓을 일은 아니다. 그날의 일은 그날 하루에 끝내야 한다.

먼지를 쓸어내고 쓰레기를 버리고 오물을 치우고 세탁을

한다. 비상소집 훈련으로 집을 비운 사이에 먹다 만 감 조각은 말라 있고 카레 국물은 냄비에 말라붙어 냄새를 풍긴다. 미처 익지 못한 밥은 밥통에서 탈출하기 바쁘다. 하루하루의 삶은 그렇게 높고 고귀하지도 않을 뿐더러 낮고 비천하지도 않다. 깊고 푸르게 빛나거나 이루지 못한 사랑을 노래하는 것처럼 통속적이지도 않다. 단지 버려야 할 것과 버리지 않아도 될 것을 구분하는 일일 뿐이다.

집을 비우면 모든 일이 한순간 멈추는 게 아니다. 스스로 알아서 이렇게 저렇게 움직이는 것들이 많다. 버려도 버려지지 않는 세계가 있다.

물에 담가놓은 마늘의 껍질을 까서 알맹이를 냉장고에 넣었다. 완강하게 붙어 도무지 떨어지려 하지 않던 마늘 껍질이 물에 불리니 스르르 벗겨졌다. 마늘이라고 별수 있겠는가. 모든 것이 다만 자기 역할이 있을 뿐이니 더 욕심내는 일은 삼가기로 한다. 억지로 되는 것은 없다. 환경과 조건이 맞아떨어져야 마늘 껍질이 벗겨지듯 일이 쉽게 풀린다.

깊은 잠에서 깨어나니 계곡은 사라지고 없다. 내 몸을 옥죄던 앞의 벽과 뒤의 벽이 제자리로 돌아갔다. 시간은 서서히 움직이고 앞 창문에서 뒤 창문으로 바람이 지나간다.

코끝에 머물던 냄새들이 빠져나가고 그 자리에 도슬릭 강을 건너온 서쪽 햇빛이 비스듬히 한구석을 잠깐 차지하다

물러간다. 다시 어둠이 바닷물을 밀어내며 저벅저벅 행진하는 시간이다. 순간 몸이 가벼워진다.

여백이
삶을 돋보이게 한다

여백은 그림을 그림답게 구성하는 하나의 요소다. 특히 동양화에서는 여백을 먼저 구상하고 그리는 경우도 있을 정도로 중요하게 다루어진다. 아무리 여백이라도 항상 텅 비어 있는 모습만 떠올리면 안 된다. 여백은 전체적으로 그림에 효과를 주기 때문에 배경과 함께 어우러진 모습을 봐야 하는 것이지 순백으로 남아 있냐 아니냐가 중요한 게 아니다.

여백이 많을수록 실제 그림이 돋보이는 것은 전문가의 눈에서나 일반인의 시각에서나 마찬가지다. 다만 전문가는 일반인에 비해서 그림과 여백의 비중을 균형 있게 볼 줄 아는 식견을 가졌을 뿐이다.

사회인으로 활발히 일할 때도, 은퇴한 후에도 늘 시간에 쫓기며 산다는 생각을 지울 수 없다. 정신없이 바쁘게 살아가는 현대인의 삶에서 여백은 무엇이고 여백의 가치는 무엇일까 이따금 궁금할 때가 있다.

특별히 외출할 일이 없는 휴일이나 일요일에는 온종일 집에서 시간을 보낸다. 커피 잔을 손에 들고 소파에 앉아 은은한 커피 향을 즐길 때나 창가에 서서 팔짱을 낀 채 아파트 단지 안의 텅 빈 공간을 바라보는 순간이 내 우즈베키스탄 일상의 여백이라 할 수 있을까.

우리의 삶에도 여백이 많아야 하는 일의 가치가 돋보인다. 삶의 여백이 게으름이나 나태를 뜻하지는 않을 것이다. 고무줄을 팽팽히 당기고 있을 때는 다른 일을 전혀 할 수 없고 다른 생각을 할 겨를도 없다. 줄을 느슨하게 해야 비로소 여유가 생기는 이치와 같다.

몸이 경직되면 뒷목이 뻐근하거나 허리가 묵직해지거나 발목이 시큰거린다. 경직돼 있다는 것은 긴장하고 있다는 뜻이니 일상생활에서 느끼는 긴장은 결코 바람직하지 않다. 여유를 가지려면 스스로 몸과 마음을 관리해야 하는데 여기는 마땅한 헬스장이 있는 것도 아니고, 느긋하게 휴식을 취할 만한 사우나나 대중목욕탕을 찾을 수도 없다. 창가에 서서 텅 빈 아파트 공터를 바라보며 스트레칭을 하거나 차 한 잔을 앞에 놓고 머리를 비우는 방법밖에는 없다.

즐거운 마음으로
괴로운 마음을 덮다

누쿠스는 큰 도시가 아니어서 그런지 시내에선 모스크를 볼 수 없었는데 강변에서 외양이 아름다운 모스크 하나를 찾을 수 있었다. 아직 들어가 보진 않았지만 동쪽에서 떠오르는 아침 해가 청색 지붕에 반사되는 광경이 정말 매혹적이다.

모스크의 아라베스크 문양과 강변의 풍경 그리고 모스크 앞 광장이 아침 햇빛에 함께 반짝일 때 나는 넋을 잃었다. 한동안 그 아름다운 풍광을 멍하니 바라보았다. 즐거운 마음이 잔잔히 번져가며 불안과 근심을 덮기 시작했다.

50년간 정신과 전문의로 살아온 이근후 선생은 우리에게 '행복'과 '불행'이라는 개념, 실체가 모호한 관념에 빠지지 말라고 조언한다. 인간이 살면서 왜 슬프고 힘들고 괴로운 순간이 없겠느냐면서 하루하루 순간순간 즐거운 마음으로 괴로운 마음을 덮어버리고 살아가면 된다고 말한다. 그게 바로 우리의 삶이고 인생 아니겠느냐고 덧붙였는데 고개가 절로 끄덕여진다.

아름다운 세상을
상상하고 살기에도 시간이 부족하다

기억은 과거이고 상상은 미래다. 강렬하지만 사는 데 별 도움이 되지 않는 기억은 우리 뇌의 자동저장장치에서 다시 필요할 때까지 두꺼운 천으로 덮어둘 수 있으면 좋겠다. 아름다운 세상을 상상하고 살기에도 시간은 부족하다.

왜 과거의 괴로웠던 기억들이 불쑥불쑥 튀어나오는지 알 수가 없다. 물이 솟아오르는 분수대의 관을 막아버리는 스위치가 있듯이, 과거의 괴로운 기억이 갑작스럽게 흘러나오는 뇌를 일시 정지하는 기술이 개발되면 좋겠다.

오랜만에 최백호의 노래를 듣는다. 노래는 '보고 싶은 얼굴'에서 '고독'으로, 다시 '청사포'로 이어진다. 그의 노래를 들으면 내 청춘의 한 시절이 눈에 선하게 떠오른다. 그때 난 부산 해운대에 살았다.

동백섬에서부터 해운대 백사장과 달맞이길을 지나 청사

포에 이르면 파도가 제 몸을 절벽에 부딪고 장렬히 흩어지는 모습이 보인다. 이 모습이 가사에 고스란히 얹혀 외로운 마음이 자꾸만 울컥거린다. 작곡가와 작사가들은 인간의 마음 밑바닥에 고여 있는 감성을 휘저을 줄 아는 천부적인 재능을 지녔다.

이역만리 누쿠스까지 와서 지난 6개월을 꿋꿋하게 살아왔는데 불현듯 청사포를 떠올리는 이 심사는 또 무엇이란 말인가? 출국한 그날부터 감정에 휘둘리거나 약해지지 말자고 수없이 다짐했다. 그동안 감정의 진폭이 오르락내리락할 때도 있었지만 마음을 진득하게 다독거리며 견뎌냈다. 아직까지 별 탈 없이 잘 버티고 있다. 과거를 기억하는 일보다 미래를 상상하는 일에 더 많은 비중을 두어야겠다.

도시가 그리 크지 않다 보니 시내를 한 바퀴 돌아오는 길에 간혹 학생들을 만난다. 혹은 학생들의 가족을 만나기도 한다. 그들이 먼저 나를 알아보고 아는 체를 해온다. 사람들의 마음이 따뜻하다. 만나면 형식적인 인사로 끝나는 것이 아니라 어떻게 지내냐, 춥지는 않느냐, 지내기가 어떠냐며 끊임없이 안부를 묻는다. 내 사정을 세심하게 고려한 인사에 진심이 느껴진다. 한국어를 공부하는 학생들의 가족은 한국어 인사말 한두 마디쯤은 할 줄 안다.

오늘도 길에서 아이술탄의 가족을 만났다. 아이술탄은 일하면서 공부하는 늦깎이 학생이다. 학기가 시작되고 한 달이 지나서야 한국어반에 들어왔는데도 얼마나 열심히 하는지 다른 학생들보다 진도가 더 빠르다. 이런 학생을 보면서 나도 다시 용기를 낸다. 울컥거리는 감정을 잘 다독이고 학생들을 가르치는 데 더 신경을 써야겠다고 다짐한다.

2장

나는 그리워했다

북극성으로
보내는 편지

태어나서 줄곧 살아왔던 나라를 떠났다. 나는 지금 북극성에 조금 더 가까운 곳에 와 있다. 그래도 여기서 북극성까지 가려면 긴 시간이 걸릴 것이다. 우체국 앞 벤치에 앉아 북극성으로 보내는 편지를 썼다. 화단에는 여러 가지 꽃이 피었고 바람은 꽃을 흔들며 지나가고 있었다. 꽃과 바람과 서늘한 가을 햇볕이 서로 어우러진 장면 몇 장을 사진 찍어 편지에 동봉했다.

이 편지가 언제 북극성에 도착할지 알 수 없다. 몸집이 가벼운 바람은 어쩌면 알고 있을지도 모른다. 우체국 마당을 한 바퀴 돌아 나오는 바람의 주머니에 편지를 넣어 보냈다. 바람이 지나는 길목에서 꽃이 흔들렸고 나뭇가지가 움직였다. 거리의 마른 먼지가 꼬리를 물고 따라가고 있었다. 내가 보낸 편지는 나도 모르는 사이 언젠가 북극성에 도착할 것이다.

노트북 파일을 뒤져 간직한 사진 몇 장을 꺼내 바탕화면에 깔았다. 한 사람이 사진 속에서 걸어나와 벽을 마주보기도 하고 벽에 기대기도 했다. 팔짱을 꼈다가 풀었다가 하면서 온종일 몇 가지 동작을 되풀이했다.

아내가 두고 간 스마트폰은 간혹 수년 전에 다녀온 곳을 가지런히 정리하여 다시 보여주기도 한다. 대견하게도 오늘은 오스트리아에서의 추억 한 장을 잊지 말고 기억하라며 꺼내놓는다. 다뉴브강을 끼고 도는 도시 멜크에서 저녁 무렵 카페에 있던 때가 생각났다. 다뉴브강은 잠잠히 흐르다가 물살이 빨라졌다. 아마 해가 뉘엿뉘엿 지고 있던 무렵이었다. 그때 나를 바라보던 아내의 눈동자는 빛났고 애타게 처연했다.

또 다른 장면이 눈앞을 가로막고 자기도 기억해달라고 말한다. 차마고도에서 살아가는 장족의 노랫소리가 들려온다. 장족은 그 노래를 부르며 고산의 영혼을 달랬다고 했다. 사진 속에서 걸어나온 아내는 그 노래를 정말 좋아했다.

오늘 누쿠스의 하늘은 맑다. 우체국을 등지고 돌아서서 무심히 걷는 길 위에 낙엽 하나가 툭 떨어진다. 해마다 이맘때면 색색으로 물드는 낙엽 위에 눈물이 등을 구부리고 떨어진다. 길옆으로 색이 바랜 벽돌들이 뒹굴고 있다.

기억의 모서리가 닳아 없어질 때까지 나는 길을 걷고 있을 것이다. 해마다 가을은 다시 찾아오고 내 발등 위로 낙엽은 다시 떨어진다. 기억 속에서 아직 생생히 꿈틀거리는 몇 개의 장면들이 나의 긴 불면의 밤에 동행한다.

어두운 방의 벽에 기대서서 100년쯤 걸려야 갈 수 있는 북극성을 생각한다. 나는 말하고 먼 곳에 있는 아내가 그 말을 듣는다. 하지만 나는 아직 여기에 있고 우리는 서로 만날 수 없다. 북극성까지 걸어가기엔 너무 멀다.

편지는 바람의 주머니에 넣어 보냈다. 바람은 꽃을 흔들었고 나뭇가지를 움직였고 마른 먼지를 일으키며 그곳으로 달려갔다.

"당신은 지금 어디쯤 가고 있는지요? 가다가 힘들면 잠시 쉬기도 하나요? 나는 수시로 울리는 카톡과 문자메시지를 다 읽지 못하고 잠이 듭니다. 안부 인사가 너무 많아 몸이 무거워지려 할 때마다 문자를 지우기도 합니다.

마른 먼지가 가득한 길옆에 꽃이 피었습니다. 먼지가 내려앉으면 꽃은 몸을 흔들어 먼지를 털어냅니다. 가을에 핀 꽃 몇 장을 찍어 바람의 주머니에 넣어 보냅니다. 내 기억이 늘 꽃이 되기를 희망합니다. 부디 편안하시기를!"

당신의
치아 세 개

그날 당신의 치아 세 개를 수습했지요.

불에 타지 않은 치아들을 봉투에 담아 내 상의 안쪽 주머니에 넣었습니다. 3일 지나면 어딘가에 묻자고 생각했습니다. 3일이 지났을 때는 그 생각을 할 겨를이 없었습니다. 며칠이 더 흘렀습니다. 주머니 안쪽에서 당신의 체온이 느껴졌습니다.

49일이 지나면 당신과 내가 자주 다니던 길목 어디쯤에 묻으려 했습니다. 49일이 지났지만 그 생각을 하지 못했습니다. 당신이 떠오를 때면 나도 모르게 주머니 안으로 손이 갔습니다. 마치 각성제 같았지요.

당신의 1주기까지는 기다려보겠다고 마음먹었습니다. 그리고 다가온 1주기, 당신 앞에 따뜻한 밥 한 그릇을 올렸습니다. 그러고도 상의 안주머니에는 여전히 봉투에 든 당신의 치아가 있었습니다. 옷을 입고 벗을 때마다 수시로 만지곤 했습니다.

가을과 겨울이 지났습니다. 당신과 함께 늘 의논했던 해외봉사의 길이 있다는 공고를 봤습니다. 서류를 접수하고 면접까지 합격했습니다. 신체검사와 국내 교육을 받았습니다. 그리고 출국일이 다가오고 있었습니다.

출국을 이틀 앞둔 6월의 마지막 날, 그 봉투를 들고 집을 나섰습니다. 우리가 살던 아파트가 훤히 내려다보이는 홍은동 자락길의 소나무 아래에다 하나를 묻었습니다. 집과 홍제역을 오갈 때 늘 걸어 다니던 홍제천변 큰 돌 아래에다 또 하나를 묻었습니다.

당신과 나는 북한강을 앞에 두고 함께 도란도란 이야기를 나누곤 했지요. 물안개가 자욱이 피어오르던 강가를 지나며 마주쳤던 가평 농막 수돗가의 큰 자작나무 아래에다 마지막 하나를 묻고 돌아섰습니다. 세 곳 모두 당신과 내가 좋아했던 곳들이지요. 내가 그곳에 다시 갈 때마다 당신이 반겨줄 것으로 믿고 발걸음을 돌렸습니다. 이렇게 세월은 흐르고 나는 여전합니다. 사랑한 당신, 안녕!

다시,
당신의 생일

영화 〈생일〉은 세월호 참사로 세상을 떠난 아들의 생일을 주제로 스토리를 구성한 영화다. 죽은 아들의 생일을 축하할 수는 없는 일이고, 그렇다고 기쁜 마음으로 기념할 수는 더더욱 없어서 아들의 생일이 돌아올 때마다 엄마는 어찌할 바를 모른다. 무엇을 어떻게 해야 할지 갈피를 잡지 못하는 엄마의 복잡하고 가슴 아픈 심사를 선명하게 드러낸다. 그 엄마가 되어보지 않고서 그 마음을 온전히 이해할 수 있을까.

실화를 바탕으로 한 눈물 나는 이야기지만, 감정을 안으로 집어삼키며 눈물이 터져버릴 것 같으면서도 터지지 않는 배우들의 절제된 연기가 관객들을 극한의 슬픔으로 몰고 간다.

생일이 의미 있는 날이라고는 해도 가까이에 있는 누군

가로부터 축하를 받는 날이지 자기 생일을 스스로 축하하는 경우는 드물다. 우리는 생일이 되면 케이크의 촛불을 불거나 각별한 사람들에게 선물을 받는다. 그날 하루는 맛있는 음식을 먹고 축하와 덕담을 듣는다. 이 모든 건 생일의 주인 공이 살아 있는 사람이기 때문에 가능한 일이다.

직장에 다닐 때 월초가 되면 직원들의 생일을 축하해주었다. 한 달에 한 번 그달에 생일이 든 직원들을 한꺼번에 모아 조촐한 파티를 연 것이다. 지금 생각해보면 조직의 인화와 단합을 위한 목적이었다고는 해도 다분히 형식에 치우친 감이 없지 않다.

생일 축하를 제대로 해주려고 마음먹었다면 밥을 먹든 선물을 주든 덕담을 건네든 당사자가 생일을 맞는 당일에 해야 진정성이 있을 것이다. 당시의 축하 자리는 형식적인 월별 행사의 하나였고, 나의 정성이 담기지 않은 허례에 불과했다. 돌이켜보면 참으로 안타깝고 당시 나와 함께 일했던 직원들에게 미안하다.

오늘은 북극성으로 떠난 이후 한 번도 연락을 해오지 않는 아내의 생일이다. 이제는 얼굴을 보며 직접 생일을 축하해줄 수 없는 아내를 위해 그립고 그리운 마음을 담아 청과시장에서 사온 싱싱한 자두 한 접시를 올려놓았다.

메시지를 주고받거나 통화를 할 수도 없는 먼 곳에 있는 아내도 어쩌면 나와 마찬가지로 지금 골똘히 어떤 생각에 잠겨 있을지도 모른다. 나는 그냥 멍하니 있다가 자두를 쳐다본다. 다시 또 자두를 보다가 아내의 뒷모습과 옆모습을 떠올린다.

자두가 풍성하게 열린 어느 해 여름날 오후였다. 아내는 자두나무 가지를 끌어당겨 불그스레한 자두 한 알을 땄다. 수줍은 자두의 볼을 어루만지며 아내는 환한 미소를 지었다. 아내의 뺨도 자두처럼 발그레했다.

사람의 일과
하늘의 뜻

그날 우리는 가족여행을 떠난 길이었다. 한차를 타고 경춘고속도로를 달려 속초로 가고 있었다. 뒷좌석에 앉은 아내는 친정 언니, 오빠와 즐겁게 농담을 주고받았다. 웃으면서 가볍게 노래도 흥얼거렸다.

차가 터널을 빠져나왔을 때, 아내의 몸이 갑자기 옆으로 기울었다. 아내를 불렀으나 아무 반응이 없었다. 나는 차를 급히 갓길에 댔고, 바로 옆에 앉아 있던 의사인 처형이 서둘러 응급조치를 했다. 큰언니의 치료를 받으며 즉시 병원으로 향했으나 아내는 그길로 영영 돌아올 수 없는 먼 길을 떠나고 말았다. 제대로 손쓸 사이도 없이 순식간에 벌어진 일이었다. 나는 여행복 차림 그대로 아내를 배웅했다.

심폐소생술을 연습할 때마다 혼자 팔짱을 끼고 골똘히 생각에 잠긴다. 이런 상황이 또다시 발생했을 때 무엇을 어떻게 해야 최선을 다하는 것인지 아직도 잘 모르겠다. 그리고 그 결과를 운명으로 받아들여야만 하는 것인지 한동안 혼란스럽고 갈피를 잡을 수 없던 때가 있었다.

어쩔 수 없이 가야만 하는 길이 있고, 피할 수 없는, 아니 어쩌면 피하지 못하는 순간이 있다. 그럴 때마다 인간으로서 할 수 있는 일을 다하자고 마음먹는다. 그다음은 하늘의 뜻에 맡길 뿐이다.

정해진
묘수는 없다

아침부터 하늘이 온통 잿빛이다. 눈이라도 쏟아질 것 같은데 여기는 눈이 귀한 곳이다. 이런 날은 사람과 사람 사이에 떠도는 말들도 잿빛 하늘이 모두 삼켜버린 듯하다. 길 위에는 말없음표가 점점이 찍혀 있다. 앞서가는 사람은 뒤를 돌아보지 않고 뒤에서 따라가는 사람은 앞서가는 이의 뒷모습에 관심이 없다. 그저 묵묵히 자기 길을 갈 뿐이다.

그리운 사람에게 무슨 말을 하려다가도 입안에서 맴도는 말을 밖으로 뱉어내지 못한다. 어쩌다가 삐져나온 몇 마디 말은 꼬리연이 탱자나무에 걸려 흐물거리듯 힘을 잃어버린 채 잿빛 하늘 속으로 사라진다. 석양을 가리고 힘들게 버티던 하늘이 조용히 어둠에 밀려난다.

카라칼파크국립대학교 교정에도 어둠이 진지를 구축하듯 소리 없이 다가와 야간 근무를 시작한다. 20여 년 전 하노이국립대학교 교정도 이맘때쯤 늘 잿빛 하늘과 소리 없이 다가온 어둠이 밀고 당기기를 반복했었다.

내 몸을 적시는 그리움은 그때나 지금이나 변함이 없다. 다만 그때는 재회를 기다리는 희망이 있었고, 지금은 그 희망마저 사라지고 없다. 그리움은 어둠 속에서 반짝거리는데 이 밤에 소리를 낼 수 없는 내 발걸음은 무슨 생각을 움켜쥐고 더듬거리는 걸까? 어디를 향하고 있는 걸까?

백지에 첫 문장을 써놓고 다음 글이 이어지지 않을 때 불 꺼진 방의 창가를 서성이는 기분을 당신은 아는가? 가슴에 모아놓은 그리움의 입자들이 우루루 쏟아지는 소리를 당신은 듣고 있는가?

하루의 꼬리를 잘라가며 배고프면 먹고 졸리면 자는 몸의 현상 앞에 그저 망연해지는 기분을 당신은 아는가? 기억이 가뭇없어지는 것을 당신은 아는가?

로마의 어느 역에 그려진 한 줄 낙서의 운명처럼 생과 사의 무게가 내겐 그다지 무겁지 않게 다가오는 것은 존재의 허무를 당신이 먼저 일러줬기 때문인가?

사람의 일은 앞뒤로 무한대의 기호가 붙어 있다. 그러므로 그런 방정식은 애초에 풀어내기가 어렵다. 살아가면서 경험을 통해 앞의 기호를 떼버리든지 뒤의 기호 옆에 하나를 덧붙이든지, 뭔가 새로운 기호를 더하거나 빼야 해답을 찾을 수 있다.

그 새로운 수의 텃밭에는 늘 꽃이 자라고 구름이 그림자를 드리우고 새가 날아왔다가 다시 날아가기를 반복한다. 그 너머를 상상하는 일이 바로 묘수일 것이다.

바둑으로 치면 넉 점 반 포석을 놓아도 어림하기가 쉽지 않을 때 삶 너머에 있는 상상의 밭을 일구는 사람들의 손길을 생각해본다. 이 나이가 되어도 여전히 가로등 없는 밤길을 걸어가는 것처럼 세상살이를 더듬거리는 이유는 우리 삶 그 어디에도 정해진 묘수가 없기 때문이리라!

눈 내리는 날,
눈 감아도 떠오르는 얼굴

눈을 맞으며 집으로 돌아와서 김추자의 '눈이 내리네'를 여러 번 들었다. 이 노래를 듣고 있으면 메마른 감정에 물기가 스민다. 살바토레 아다모가 부른 원곡도 좋긴 하지만 역시 우리말 어감이 더 촉촉하다.

말과 글은 보고 들을 때 바로 느낌이 올 만큼 오감의 작용이 선명해야 한다. 눈 오는 날 '눈이 내리네'를 듣고 있으니 숲속 오솔길에 함박눈이 소복이 쌓이는 소리가 들리는 듯하다. 오솔길을 함께 걸어가며 조곤조곤 숨소리를 나누는 연인의 모습도 보인다. 눈이 오는 날은 특별한 만찬이 없어도 좋다. 어둠이 흰 눈을 덮어도 괜찮다. 새하얀 눈빛이 어둠 속을 더 환하게 밝히기 때문이다.

눈이 오는 날 나는 마음속에 잠들어 있는 속 깊은 사람의 뒷모습을 꺼내 창문 옆에 세워두고 숨소리를 느낀다. 어둠이 더 완강하게 나를 밀어낼 때까지 팔짱을 풀지 않고 창가를 서성인다. 눈은 소복하게 쌓이고 나는 더 깊은 어둠 속으로 걸어간다.

내 추억 속 겨울 풍경에는 언제나 눈이 내렸다. 곡식을 다 거둔 겨울 들판에 함박눈이 펑펑 쏟아졌다. 눈 쌓인 홍은동 자락길을 걷고 또 걸었다. 눈으로 하얘진 안산의 둘레길을 걸으며 메타세쿼이아 위에 핀 눈꽃을 바라보았다. 지금은 멀리 가버린 그 사람과 겨울 백덕산을 오를 때도 눈이 내렸다. 눈은 살아서 천년, 죽어서 천년을 버틴다는 주목 사이를 비껴가며 태백산 천제단 위에도 내렸다.

서귀포 칠십리 언덕길에서도 눈을 맞았다. 쇠소깍을 지나 주상절리로 가는 길에 눈이 내렸다. 눈 덮인 언덕길을 오르던 차들이 멈춰 섰다. 체인을 감은 바퀴가 헛돌았다.

내 허리까지 눈이 쌓인 홋카이도의 거리는 붐볐고 겨울 축제를 즐기는 사람들 틈으로 눈이 왔다. 홋카이도의 시장 어느 가게에서 먹었던 삶은 털게와 어묵 국물 위에도 흰 눈이 내렸다. 오늘 누쿠스에 내리는 눈을 맞으며 눈을 감는다. 눈 감아도 떠오르는 얼굴 하나가 있다.

사랑도 이별도
생의 아름다운 조각들이다

누구나 인생의 어느 시기마다 각자 짊어져야 할 몫이 있다. 자기의 짐이 더 무겁고 힘들게 느껴지지만 누구의 짐이 더 무겁고 누구의 짐은 더 가볍다고 할 수 없다. 각자 자기만의 몫이 있을 뿐이다. 어른이든 아이든, 가난한 사람이든 부자든 다 자기 몫의 삶을 살아간다.

행복은 다른 사람과 비교하며 얻어지는 게 아니다. 제 몫을 사는 과정에서 스스로 찾고 발견해내는 것이다.

"힘이 들 땐 하늘을 봐. 나는 항상 혼자가 아니야. (…) 눈물나게 아픈 날엔 크게 한 번만 소리를 질러봐."

학생들에게 서영은의 '혼자가 아닌 나'를 따라 부르게 하고 가사를 해석해보라고 했다.

여기 와서 이런 일을 하리라곤 생각해본 적도 없는 우즈베키스탄의 누쿠스라는 평화로운 도시에서 나는 지금 단순한 삶을 살고 있다. 시간이 나면 책을 읽거나 글을 쓴다. 생활이 명료해서 그런지 머리가 맑다. 지난 시간의 파장이 일정한 곡선을 그리며 오롯이 떠오를 때가 많다. 그토록 힘들고 아팠던 시간의 파편들도 돌이켜보면 곳곳이 반짝반짝 빛나는 조각들로 이어져 있었다는 생각이 든다.

사랑도 이별도 생의 아름다운 조각들이고 스스로 감당해야 할 내 몫의 삶이다. 해가 나고 맑은 날씨였다가 바람 불고 비 오는 날이 수시로 찾아오는 우주의 질서 같은 이치다. 어떤 일은 나도 모르게 운명처럼 주어진다. 이런 생활이 당분간 내게 주어진 몫이려니 하고 살아갈 뿐이다.

학교에서는 오로지 가르치는 일에만 집중하다 보니 다른 잡념이 끼어들 여지가 없다. 하지만 캄캄한 시간에 문을 열고 컴컴한 방에 들어설 때면 짧은 순간 숨이 막힌다. 이게 뭔가 싶다가도 내 몫만큼 사는 것이려니 여기고 불을 켠다. 적막이 흐르는 집에 적막한 마음만 가득하지만 시간은 속절없이 지나가기에 또 하루를 살아갈 뿐이다.

처마 아래로 떨어지는 빗방울 소리를 듣는 것처럼 간혹 새벽에 비가 내리는 것을 느낀다. 비는 갑작스레 요란해진다. 지붕 위로 후두둑 떨어져 내리는 빗소리에 잠이 깼다. 비는 떨어져서 생을 마치지만 나는 아직 살아야 할 날들이 조금 더 남아 있다. 그것이 내가 감당해야 할 몫이다.

무엇이 되기보다는
어떻게 살 것인가를 생각한다

낯익은 풍경이 언제나 그 자리에서 함께하고, 익숙한 소리가 늘 주위를 감싸고 돌던 곳을 떠나온 지 벌써 200일이다. 무슨 대단한 결심을 하고 온 것은 아니었으나 하루하루의 삶이 가볍지는 않았다고 생각한다.

꽤 오래전부터 무엇이 되기보다는 어떻게 살 것인가를 고민했다. 때로는 그 자리에서 움직이지 않고 살아도 크게 흔들리지 않는 나무에게 묻기도 했고, 때로는 세상 구경을 다 하고 다니면서도 어떤 미련이나 흔적을 남기지 않는 바람에게 묻기도 했다.

무슨 대단한 깨달음을 얻는 건 아니지만 학교와 집을 반복해서 오가는 길 위에 많은 생각을 뿌리기도 하고, 버린 것들을 다시 줍기도 한다. 그 길 위에서 나무는 나무대로 바람은 바람대로 그냥 그렇게 살아가듯이, 나는 나대로 그냥 살다가 가는 것임을 간혹 느끼기도 한다.

내 삶을 지탱하는 기둥은 몇 개일까? 어떤 것은 좀이 슬어 위태롭고, 어떤 것은 밑동이 부실해서 이미 기둥의 역할을 하지 못한다. 또 어떤 것은 통째로 무너져서 그 공간이 텅 비어 있기도 하지만, 그래도 아직 남은 몇 개는 튼튼하고 실해서 저 넓은 하늘이 한꺼번에 쏟아지지 않도록 잘 받쳐주고 있다.

앞뒤 창문을 열고 환기를 시키는 시간에 그윽한 향이 퍼져나가는 커피잔을 손에 들고 소파에 앉는다. 낮게 흐르는 녹턴을 들으며 여기가 아직 남은 몇 개의 기둥 중 하나일 거라는 생각을 한다. 통째로 무너진 기둥 주위를 배회할 때면 텅 빈 그 공간이 허전하고 쓸쓸하게 다가온다. 하지만 내가 안고 가야 할 내 생의 한 축으로 받아들이려 한다.

200일. 딱 떨어지게 구분하긴 어렵지만 사계절 중 두 계절을 보내고 세 번째 계절의 깊숙한 곳에 들어와 살고 있다. 머지않아 네 번째 계절을 경험하게 될 것이다. 그동안 매너리즘에 빠지지 않으려고 스스로를 단련해왔다. 아무리 그래도 생의 근본이 부실한 사람이라 어쩔 수 없이 놓치는 것이 많긴 하지만, 통근 코스도 여러 개를 만들어놓고 하루씩 바꿔가며 다녔다. 언어의 감각과 순발력을 위해 자주 몇 줄의 문장이라도 끄적였다. 미세한 촉수를 뻗어 더듬거리며 살았다. 그런 날은 가로등 없는 깜깜한 밤 별빛들이 더 가깝게 느껴지고, 무심코 올려다본 밤하늘의 북극성은 유난히 더 빛난다.

앞으로 또 어떤 일이 내게 다가오고 어떤 일이 내게서 멀어질지 알 수 없다. 그날그날 무엇이든 먹고 어떤 말이든 하며 살아갈 것이다. 활기가 떨어지는 날엔 가까이에 있는 재래시장을 다녀올 것이다. 때로는 긴 머리를 자르기도 할 것이고, 지루하게 느껴지는 책의 몇 문장을 보며 커피잔을 앞에 두고 각성하는 날도 있을 것이다.

몇몇 학생들과의 대화는 겉돌기도 할 것이다. 고온건조한 여름 한낮에 진저리를 치기도 할 것이다. 그저 그런 날들이 계속되겠지만 어떻게 살아야 할까를 끊임없이 숙고하는 날이 더 많아질 것이다.

그저 오늘,
지금 이 순간

새해가 밝았다고 해서 하루하루의 일상생활이 특별하게 달라질 것은 없다. 이제 막 희망을 품고 살아가는 젊은 사람들과 달리 직장에서 은퇴한 후 나의 삶은 지극히 고요하고 평온하다.

더구나 30여 년, 내 삶의 동지이자 동반자였던 아내가 어느 날 갑자기 북극성 여행을 떠나버린 후에는 남은 생에 대한 어떤 의욕이나 욕심도 발동하지 않는다. 해가 바뀔 때마다 나이를 한 살 더 셈하게 되고 눈에 보이진 않지만 신체의 어느 한구석이 예전 같지 않다는 걸 미세하게 느낄 뿐이다.

누구든 멀쩡히 살다가 언제 갑자기 북극성으로 가게 될지 모르는 일이다. 정신이나 육체에 이상이 생겨 지금까지와는 전혀 다른 생활을 하게 될 수도 있다. 그저 오늘, 지금 이 순간을 살면 된다. 그저 내가 할 수 있는 일을 하면 되는 것이다. 그런 순간순간 삶의 질을 높여 행복을 쌓아가면 충분하다. 거창한 삶이 따로 있는 게 아니다. 이것이 새해 아침에 갖는 소박한 소회다.

반찬
가게

아내가 떠나기 전 여름이었다. 어느 날 우리는 대형마트로 함께 장을 보러 갔다. 아내는 내 손을 잡아끌고 반찬가게 앞으로 갔다. 그러고는 만들어놓은 반찬을 하나하나 가리키며 이게 무슨 반찬이고 어느 때 먹으면 좋다고 세세하게 알려주었다. 전에는 그런 행동을 한 적이 한 번도 없었다. 당시는 내가 은퇴를 앞두고 있을 때여서 그러려니 했다.

마치 어디 멀리 떠날 사람처럼 계절별로 좋은 반찬은 무엇이고 양은 얼마만큼 사다 먹으면 알맞다며 평소에는 하지 않던 말을 했다. 그 후에도 아내는 마트에 갈 때마다 내 손을 잡아끌고 반찬가게로 갔다. 생각해보면 별일 아닌데도 아내가 떠나고 없으니 그때 그 장면이 선명하게 떠오른다.

돌아보면 생의 마디마다 어떤 사연으로 인해 생각이 깊어진다. 아내는 그때 이미 무슨 예감이 들었던 걸까? 반찬을 고르는 요령을 왜 그렇게 세심하게 알려주려 했을까?

나는 요즘 아내가 그때 가르쳐준 대로 반찬가게 앞을 서성이며 입맛이 당기는 반찬을 사서 먹는다. '당신이 가르쳐준 대로 반찬 사다가 잘 먹고 있어요.'라고 혼잣말을 중얼거리면서. 우연처럼 지나갔던 일 하나하나가 다 추억이 된다.

밤길을 걸어오신
어머니

　어머니는 피곤한 몸으로 버스정류장에 내리셨다. 쌀을 머리에 이고 반찬통을 양손에 들고 젊은 아들의 자취방까지 구불구불한 골목길을 돌고 돌아서 걸어오셨다. 어느 날은 농사일을 마친 후 막차를 타는 바람에 어두운 밤중에 골목길을 잘못 들어 몇 시간을 길에서 헤맨 적도 있었다.

　봉창을 두드리는 소리에 잠이 깨 나가보니 골목길에 어머니가 서 계셨다. 못난 자식 공부할 시간 아껴주겠다고 그 먼 길을 힘들게 오신 어머니! 머리에 쌀을 이고 양손 가득 반찬통을 든 채 문 앞에 서 계시던 어머니!

　까마득한 세월이 흘러갔다. 여기까지 와서 내가 왜 이렇게 오랜 기억 속에 가라앉아 있던 옛날 일을 다시 꺼내는 걸까?

　까맣게 잊고 살던 그때의 신작로가 다시 떠오른 것은 누쿠스의 비포장길에 부옇게 일어나는 먼지 때문이었다. 비포장길 먼지를 마셔가며 버스로 네 시간을 달려왔다가 다시 네 시간을 타고 가신 어머니가 생각났다.

　이곳의 도로는 아스팔트나 시멘트로 겨우 구색 맞추듯 포장해놓은 상태다. 그마저도 포장이 다 뜯겨나가 비포장과 다름이 없다. 바람이 불 때 도로에서 일어나는 먼지를 막을 재간이 없다. 매일 마스크를 하고 다닌다고 해도 미세먼지를 다 막지 못한다. 여긴 한국과 달리 높은 산이 없다. 산길을 걸으며 산이 내뿜는 청정한 공기를 마실 기회가 없어서 내가 더 민감하게 반응하는 것인지도 모른다.

물든다

걸으면서 보는 풍경과 걸으면서 느끼는 감정, 걸으면서 생각하는 모든 것들이 내 삶에 녹아들어 물든다. 나뭇잎이 계절의 변화에 물들어 떨어진다. 나는 내 눈에 보이는 풍경에 물든다.

내가 걷고 있을 때 내 곁을 스쳐가는 순박한 사람들의 얼굴에 물든다. 모두 노르스름하게 칠해진 아파트 색깔에 물든다. 벽에 붙은 유머러스한 자동차 광고 문구에 물든다. 학생들 앞에 설 때면 배우고자 하는 그들의 열망에 나도 함께 물든다.

지금 내가 사는 도시 누쿠스에 물든다. 내 앞에 보이는 풍경에 물들고, 풍경과 풍경 사이를 오가는 가없는 상상에도 물든다. 사비츠키 미술관의 벽에 걸린 그림에도 물든다. 일정한 거리를 둬야 제대로 보이는 명암과 원근으로 완성된 그림에 물든다. 내가 아는 모든 사람의 윤곽이 뚜렷해질 때 나는 물든다. 맑은 날이든 흐린 날이든 상관없이 서로 주고 받는 덕담과 묻고 답하는 따스한 안부에 물든다.

하늘을 나는 새는
비에 젖지 않는다

오늘 새벽 누쿠스에 비가 내렸다. 아파트 앞 주차장의 양철 가림막을 후두둑 두드리는 소리가 울렸다. 밖을 내다보니 제법 굵은 빗줄기가 땅을 때리고 있었다. 5분, 아니 10분정도 되었을까. 그렇게 내리다가 바로 그쳤다.

날이 밝았다. 다시 밖을 보니 마른 먼지는 가라앉았으나 땅이 충분히 젖지는 않았다. 빗물이 땅속으로 스며들다 말았다. 기온을 보면 눈이 와야 하는데 비가 조금 오다가 이내 그쳐버린 것이다.

비 온 아침을 즐기려고 출근길에 우산을 집어 들었다. 우산을 들고 다니다가 비가 오면 새 우산을 펴보고 싶었다. 누쿠스의 비는 갈증을 채우기엔 많이 부족하다. 사람들은 비를 기다리지 않는다. 비가 드문 도시에서 비를 기다리지 않는 것은 어떤 미련도 그리움도 없다는 뜻일까?

몸이 비에 젖을 때 어떤 마음이 드는지 당신은 안다. 머리에서부터 발끝까지 알 수 없는 쾌감이 흘러내린다. 비에 흠뻑 젖을 때는 옆에서 아무 말 들리지 않아도 괜찮다. 바람은 젖은 옷을 조용히 스쳐 지나간다. 한번 지나간 바람은 뒤돌아보지 않는다.

정맥의 움직임이 활발해질 때 인연의 한 끝을 물고 잔잔한 물살을 통통 튀며 날아가는 새가 있다. 새는 품어야 할 것과 버려야 할 것을 스스로 잘 안다. 하늘을 나는 새는 비에 젖지 않는다. 새는 비와 비 사이로 인연을 물고 날아다닌다. 비 오는 날 몸이 비에 젖을 때 어떤 마음이 드는지 나는 안다.

음치,
박치,
몸치

아내는 노래를 정말 잘했다. 지금도 아내가 즐겨 부르던 박윤경의 '부초'를 듣고 있으면 가사 하나하나가 내 가슴에 콕콕 박힌다. 퇴직 후에 아내와 함께 노래와 탱고를 배우기로 했는데 결국 약속을 지키지 못했다.

아내와 함께 한동안 타악기를 배운 적이 있다. 북이나 장구를 두드리든 징이나 꽹과리를 치든 어떤 타악기라도 잘 배울 수 있을 거라 자신했다. 꾸준히 오래 배우기로 했으나 그러지 못했다. 태생이 음치이자 박치인 것을 기억해내고 그러려니 하며 살았다.

어느 날 문득 춤을 배우고 싶다는 마음이 들었다. 아내가 더는 내 곁에 없지만 혼자서라도 한번 배워보고 싶었다. 무작정 탱고학원에 등록했다. 천천히 스텝을 배워나갔으나 이내 중단하고 말았다.

나는 타고난 몸치였다. 춤도 모든 동작이 음악에 맞춰 이루어지기 때문에 음악에 대한 감각이 떨어지면 잘 배울 수 없다는 것을 뒤늦게 몸소 깨달았다.

아내와 함께 춤을 배웠더라면 속도가 더디더라도 괜찮지 않았을까 생각해본다. 하지만 이제는 별다른 도리가 없다는 것을 안다. 나의 이러한 태도에 대해 아내는 그냥 피식 웃고 말 것이다. 그 웃음이 보고 싶다.

풍경 너머
안부를 묻습니다

풍경 너머 안부를 묻습니다. 편안하신가요?

요즘 수시로 생각이 바뀝니다. 사람이니 그렇겠지요. 눈에 들어오는 풍경만이 나를 안심시켜 줍니다. 오랜 시간 도시의 삶에 길들여진 내게, 꽃이 무더기로 피어 있고 나무는 한낮의 그림자를 짙게 드리우고 하얀 말이 놀고 있는 저 평화로운 풍경 너머를 상상하는 일은 늘 불안하지요.

오감으로 느껴야 하는데 그럴 수 없는 풍경 너머의 일은 일단 불신의 대상입니다. 사람이니 그렇겠지요. 그 너머는 물기 하나 없는 모래밭이 펼쳐져 있거나 사람이 발붙이기조차 어렵게 잡풀이 무성할 수도 있습니다. 어쩌면 더는 갈 수 없는 가파른 낭떠러지로 이어질지도 모릅니다.

그래도 저 풍경 너머에 아름다운 세상이 있을 거라고 꿈을 꾸는 것은 꿈꾸는 자의 몫일 겁니다. 사람이니 그렇겠지요.

마음의 평화란 깨지기 쉬운 유리그릇 같아서 손에서 놓쳐버리면 금세 본색을 드러냅니다. 눈에 들어오는 저 풍경이 평화롭다고 느끼는 것은 두 손을 모아 저곳을 보고 듣는 내 눈과 귀를 조심스럽게 감싸 안았기 때문일 겁니다.

　다시 풍경 너머 안부를 묻습니다.

이 편지가 언제 북극성에 도착할지 알 수 없다.

몸집이 가벼운 바람은 어쩌면 알고 있을지도 모른다.

우체국 마당을 한 바퀴 돌아 나오는 바람의 주머니에

편지를 넣어 보냈다.

바람이 지나는 길목에서 꽃이 흔들렸고 나뭇기지가 움직였다.

보도블록이
덜컹거리는 계절

바람이 어디에서 불어오는지 굳이 밝힐 필요는 없다. 아마 광활한 사막의 한 지점에서 문을 열고 나올 테니까. 우리는 다만 그 몸짓을 상상할 뿐이다. 비스듬한 사구의 허리가 가늘다. 아마도 내 걸음의 속도로 본다면 가을은 그리 멀지 않은 곳에 와 있을 것이다. 촉과 촉이 부딪치고 감과 감이 섞여 움직일 때 가늘게 떨리는 감각을 읽는다. 구석진 곳에 방치해두고 돌아보지 않는 몸에서도 감각은 떨고 있었다.

가을바람이 불어오고 있다. 나는 그 앞에서 유달리 생소하고 낯선 기분으로 가을을 맞는다. 강변의 분위기가 심상치 않다. 한여름, 누쿠스와 대면한 이래 이렇게 낯선 얼굴은 처음이다. 가을을 향한 기대가 커서일까, 아니면 아예 없어서일까. 이리저리 둘러봐도 산은커녕 작은 언덕 하나 보이지 않는 이곳에서 나는 색다른 가을을 기대한다.

그리운 사람을 그리워하는 것은 아직 몸의 감각이 생생히 살아 있다는 증거다. 길가에 핀 가을 꽃 한 송이에 잠시 눈길이 머무른다. 여름을 잘 견디고 알알이 달려 있는 열매와 그 나무를 들여다볼 여유도 갖는다. 이번에도 어김없이 가불한 것처럼 찾아온 가을의 들머리에 서본다.

몸속에 숨어 있던 예민한 감각들이 뾰족뾰족 고개를 들기 시작한다. 순간순간 숨이 멎었다가 날숨에 실려 나오며 울컥거린다. 그러는 순간 바람은 내 곁을 스치며 무덤덤한 표정으로 잘 살아보라고 어깨를 툭툭 치고 간다.

인생은 아무리 다시 리셋하고 싶어도 그럴 수 없다. 이곳인지 저곳인지 알 수 없는 깊숙한 곳에 숨어 있다가 불쑥불쑥 튀어나오는 미세한 기억의 흔적들을 억지로 지울 수는 없는 노릇이다. 모두 내 삶의 파편들이니 끌어안고 토닥토닥 달래줄 수밖에 없다. 그래서 또다시 찾아온 가을밤은 짧기만 하겠지만 그래도 여긴 북극성이 조금 더 가까운 곳이니 그 사람이 내 불면의 밤에 동행해줄 것이라고 믿는다.

어쩌면 가을은 짧고 기나긴 겨울이 기다리는지도 모른다. 하지만 그조차도 사막의 도시 누쿠스에선 내 생과 함께하는 것이니 별도리가 없다.

언젠가 나는 모든 상처는 그 자리에 아픈 흔적을 남긴다고 썼다. 겉으로는 멀쩡해 보이지만 속 깊은 사람은 섬세한 눈으로 들여다볼 줄 안다. 상처를 품은 사람은 그 흔적을 달래고 지우고 닦아내려 애쓰지만 그 자리에 아픈 흔적이 있었음을 찾아낼 줄 안다. 바람 속에서 그런 사람을 만나면 그저 고맙다. 가을의 문턱에 서면 눈과 귀가 밝은 사람은 실루엣처럼 희미하게 드러난 누군가의 아픈 삶을 알아본다.

나도 그런 눈을 가졌으면 좋겠다. 내 생각이 조금 더 둔해지면 좋겠다. 내 걸음이 조금 더 느려지면 좋겠다. 내 걸음걸음이 지나가는 바람의 영향을 받지 않는 곳에 있으면 좋겠다. 해가 들지 않는 뒷골목에 있어도 괜찮다. 멀리서 날아와 안부를 묻는 말에 그냥 젖지 않으면 좋겠다.

가을이 문을 열고 들어오는 시간이다. 언제나처럼 누쿠스에 바람이 분다. 보도블록이 유난히 덜컹거리는 계절이다. 자세가 흐트러지면 발목을 접질리기 쉬운 계절이다. 아마도 내 걸음의 보폭으로 본다면 가을은 그리 멀지 않은 곳에서 팔짱을 낀 채 나를 지켜보고 있을 것이다. 비로소 가을로 들어간다.

그리움의 돌덩어리들이
굴러 내려올 때가 있다

어느 순간 한 노래에 꽂혀 그 곡만 반복해서 듣는 날이 있다. 한참 몰입해서 읽던 정수일 선생의 《실크로드 문명기행》을 조용히 덮었다.

"쓸쓸한 달빛 아래 내 그림자 하나 생기거든"으로 시작하는 노래 '나 가거든'을 듣는다. 조수미 버전과 박정현 버전을 비교해가며 번갈아 듣는 내내, 스티븐 스필버그 감독의 영화 '레이더스'의 한 장면이 머리와 마음에 그대로 재현된다. 커다란 동굴에서 그리움의 돌덩어리들이 나를 향해 마구 굴러 내려온다. 이리 피하고 저리 피하는 내 몸에 노래가 젖어든다.

조수미의 소리는 군더더기 없는 정통 아리아답게 북극성을 홀로 걷는 사람의 뒷모습을 떠오르게 한다. 진하디 진한 음색이다. 그에 비해 박정현의 소리는 산을 넘고 물을 건너며 흐렸다 맑았다 반복하는 삶의 변화무쌍한 여정을 보여주는 듯하다. 마치 사람의 목소리를 흐르는 물소리로 변주하여 들려주는 것 같다.

늘 맑은 누쿠스의 하늘에도 구름 낀 날이 있듯, 산다는 건 한 치 앞을 알 수 없는 일이다. 학생들의 초롱초롱한 눈빛을 바라보는 시간에는 '그래, 이거다.' 싶다가도 어두운 밤 문을 열고 차가운 벽과 대면하는 시간에는 '이건 뭔가?'라는 질문을 허공에 던진다. 나가는 길과 돌아오는 길이 서로 반대 방향이다.

마른 먼지가 풀썩거리는 누쿠스 시내의 비포장도로를 왕래하면서 가슴에 간직했던 젖은 단어 몇 개조차 말라가게 될 줄 어찌 알았을까. "문득 새벽을 알리는 그 바람 하나가 지나거든 그저 한숨 쉬듯 물어볼까요?" 스스로 묻고 답하며 마른 말들을 꺼내 다시 물에 적신다.

친구가 보내온 관악산 계곡의 물소리처럼 비로소 마른 몸에 물기가 돈다. 먼지 묻은 옷을 세탁기에 넣고 돌린다. 바닥도 물걸레로 닦는다. 사막에서 불어오는 바람은 늘 비포장도로 위에 먼지를 옮겨놓고 시치미를 뗀다. 창문을 꼭 닫아놓아도 마른 먼지는 어느 틈에 벽을 뚫고 들어와 자리를 잡는다. 조금만 방심해도 마른 먼지는 내 삶에 달라붙어 눈과 귀를 어둡게 한다.

여기서 살아가려면 마음에 마른 먼지가 풀썩거리지 않아야 한다. 음악으로 독서로 때로는 미술관을 왕래하며 마음을 쓸고 닦아야 한다. 그렇게 문지르면 곧 깨끗해질 것이다. 부드러운 호흡이 필요하다는 것을 느끼는 추석 보름밤이다. 다시 박정현의 '나 가거든' 마지막 소절이 흐르고 있다.

"저기 홀로 선 별 하나 나의 외로움을 아는 건지, 차마 날 두고는 떠나지 못해, 밤새 그 자리에만……."

서늘함의
주소

　강변을 따라 걷는 아침 산책길, 몸은 앞으로 나아가지만 눈은 흐르는 강물을 따라 흐른다. 눈이 흐르는 속도와 물이 흐르는 속도가 일치하지 않는다. 마른 눈의 속도는 빠르고 젖은 물의 속도는 느리다.

　물은 순간 옆으로 반 바퀴를 돌기도 한다. 새가 깃을 적실 때 잠깐 멈칫하면서 숨을 고르기도 한다. 그럴 때 눈은 물에 젖는다. 먼 곳에서부터 물을 따라오는 아침 공기가 서늘하다. 그 서늘함의 주소를 찾는 일은 쉽지 않다. 흐르는 물에도 번지가 있다면 그 번지는 시간을 따라 지금도 흘러오고 흘러갈 것이다.

　오늘 아침 흐르는 번지를 찾아온 서늘함이 나에게 도착했다. 서늘함과 인사하며 편지를 쓴다. 다 쓰고 나서 봉투에 주소를 적는다. 몇 번지라고 쓸 때 그것은 땅의 번지를 말한다. 새는 날지 않을 때 부리를 땅에 문지르며 그곳이 땅의 번지임을 알려준다. 몇 동 몇 호라고 쓸 때 그것은 땅의 번지가 아니라 후드득 날개를 펴서 공중으로 날아가는 새들의 주소다.

오늘 아침 내가 쓴 편지는 강변의 새들이 날아오를 때 가벼이 떨어지는 깃털처럼 어느 공중의 번지로 전달될 것이다. 그곳에 있는 사람은 내 편지를 푸는 암호를 몰라서 며칠 후에 편지가 내게 반송될 것이라는 사실도 안다. 어깨를 펴고 다리를 구부리는 내 몸 뒤로 서늘함이 도착했다. 그 서늘함의 주소는 봉투에 적혀 있지 않았다.

새로운 소식은 늘 이렇게 예고 없이 다가온다. 서늘함의 발신지를 아는 사람은 없다. 그럴 때 나는 몸을 떨기도 하고 한숨을 내쉬기도 한다. 때로는 몸서리친다. 낯선 소식이 도착했을 때 아침 강은 소리를 낮추고 몸을 뒤척인다. 몸이 기억하는 여름의 열기를 둘로 접어 옷장 속에 넣는다. 차곡차곡 포개기도 하고 어떤 것은 따로 상자에 넣기도 한다. 언젠가 그 상자를 열어 추억에 젖을 날이 있을 것이다. 그때 오늘 아침 저 강물처럼 강은 소리를 내며 내 몸속을 흐를 것이다.

나는 등을 구부리고 새우잠을 잘 때 꿈을 많이 꾼다. 어느 날 밤 천장이 바닥까지 내려왔다. 벽이 다가왔다. 저벅저벅 크게 들리던 발소리가 멎는다. 손을 뻗어도 잡히는 것이

하나도 없다. 나는 강물에 떨어져 허우적대다가 어느 순간 물가로 자박자박 걸어나온다. 그때 서늘함이 배달되었다. 발신지는 따로 없었다.

다른 사람들은 알지 못해도 자신에게 운명처럼 다가오는 시간이 있다. 그때 시간의 등줄기를 흐르는 체온은 서늘하다. 주소를 정확히 알 수는 없어도 서늘함은 예고 없이 맞아야 하는 주사처럼 다가온다. 오늘 내가 강변을 걸을 때 마주오는 사람과 스쳐 갈 수밖에 없는 상황처럼.

내게 엽서는
어떤 그리움의 동의어

여행할 때마다 현지의 풍물과 풍경이 담긴 엽서를 자주 산다. 어떤 엽서는 간단한 사연을 담아 보내기도 한다. 대부분의 엽서를 눈에 잘 보이는 곳에 두지만 책갈피나 사진첩에 되는대로 꽂아둘 때도 있다. 그러다가 어느 날 문득 어떤 엽서에 꽂히면 찬찬히 들여다보며 그날 그 순간의 어떤 장면을 떠올려보기도 한다.

거기에는 내 발걸음의 흔적이 남아 있다. 그때 내가 무슨 생각을 하며 그곳을 돌아다녔는지 어슴프레 기억이 되살아나기도 한다.

내게 엽서는 여행지의 흔적이다. 실재하는 풍경이 다양한 앵글 안에 잡혀 있다. 그것을 보는 내 의식 속에 울퉁불퉁 다스려지지 않는 마음의 모서리가 솟아 있다. 혹은 만사가 귀찮아 축축 늘어진 정신이 푹 쉬고 있기도 하다.

내게 엽서는 여행지에서 건져올린 몇 개의 언어다. 오랜 시간이 지나 까마득하게 잊어버릴 때쯤 엽서를 보면 어떤 영감의 단초 하나가 끌려 올라온다. 또록또록하게 영글어 건드리면 금방이라도 툭 터져버릴 것 같은 단어 하나를 품 속에 끌어안기도 한다.

내게 엽서는 어떤 그리움의 동의어다. 내게 엽서는 동행한 이들의 냄새다. 그 냄새가 곰삭은 추억이 되어 샘처럼 솟아날 때가 있다. 내게 엽서는 삶의 여정에 놓인 달콤한 커피한 잔이다.

당신도 지금 내가 들여다보는 이 엽서를 보고 있을까?

활력지도사,
웃음치료사

아내의 유품을 정리하다가 명함 한 묶음을 발견했다. 명함을 살펴보니 이름 아래에 '활력지도사, 웃음치료사'라고 적혀 있었다. 유품 중에는 서울간호대에서 공부하며 필기한 노트도 있고, 지도사 과정을 이수한 후 구청에 등록한 서류도 있었다. 아내가 노인정과 요양원을 다니면서 어르신들에게 활력과 웃음을 주었던 흔적이 가득했다.

몇 해 전 라인강과 다뉴브강을 도는 크루즈 여행을 할 때도 아내의 진가는 여지없이 발휘되었다. 여행을 함께 하던 재미교포 노인들과 스스럼없이 어울리며 활력을 선물하고 웃음을 주던 아내를 모두가 좋아했다. 활력과 웃음으로 치료하는 봉사활동은 아내의 성격과 잘 맞았다.

봉사활동을 좋아하던 아내가 왜 더 오래 그 일을 하지 못하고 먼 길을 떠나고 말았는지 두고두고 안타까움이 북받쳐

올랐다. 지금도 아내는 북극성에서 노래 부르며 활력을 선물하고 있는지도 모르겠다. 사는 날까지, 나도 주변 사람들에게 활력과 웃음을 주는 사람으로 기억되고 싶다.

관계에
대하여

명함은 대부분 비즈니스나 업무로 맺어진 사이에서 주고받는다. 본인의 직무가 바뀌면 과거에 명함을 주고받은 사람들과 특별히 연락할 이유가 사라지는 것이 현실이다.

나는 명함을 받으면 늘 명함관리함에 모아두고 정리했다. 스마트폰이 출시된 이후에는 명함관리 앱에 등록하여 관리의 활용도를 높이려고 노력했다. 하지만 생각보다 효용성이 그리 크지는 않았다.

직장에 다닐 때는 수도 없이 많은 명함을 주고받으며 명함에 적힌 정보와 상대를 기억하기 위해 노력했다. 그러나 막상 내가 필요한 그 순간이 지나면 기억의 한계와 함께 새로운 이름을 기억하느라 지나간 사람의 이름은 잊고 만다. 내 명함을 받은 그들도 나와 같은 과정을 거치지 않았을까? 그들에게도 내 이름은 금방 잊히고 말았을 것이다.

아마 해가 뉘엿뉘엿 지고 있던 무렵이었다.

그때 나를 바라보던 아내의 눈동자는 빛났고 애타게 처연했다.

차마고도에서 살아가는 장족의 노랫소리가 들려온다.

장족은 그 노래를 부르며 고산의 영혼을 달랜다고 했다.

사진 속에서 걸어나온 아내는 그 노래를 정말 좋아했다.

명함을 정리할 때마다 버려야 할 명함을 앞에 놓고 전화라도 한번 해볼까 하며 망설인다. 이내 부질없다는 것을 깨닫고는 미련을 남기지 않으려고 과감하게 버린다.

　한때는 친밀한 사이였고 함께 식사하며 공동의 비즈니스를 위해 고민하는 사이였지만, 그 순간이 지나면 전화 한번 하는 것도 망설이는 사이가 돼버린다. 전화 받는 사람의 입장에서도 '갑자기 왜……?' 하며 당황할 것 같아 연락하지 못하는 것이 사실이다.

　한국 사회에서는 혈연, 지연, 학연의 폐해를 많이 이야기한다. 그러나 이는 오랜 기간 관계를 유지하게 만드는 긍정적인 측면도 있다. 사회생활을 하면서 알게 되는 사람들은 서로 죽고 못 살 정도로 가깝게 지내다가도 자리가 바뀌거나 일이 변경되면 만나는 횟수가 줄어들게 된다. 기억은 남아 있더라도 새로 시작한 일을 좇다 보면 자연히 마음에서 멀어진다.

　끝까지 남는 관계는 학교 동창이라든가 고향 친구라든가 오랜 기간 한 직장에서 한솥밥을 먹은 동료 정도가 아닐까. 그런 사이가 아니면 웬만해서는 만날 일이 없다. 다른 사람은 안 그런데 나만 그런지도 모르겠다. 명함을 정리할 때 그래도 예전에 돈독한 사이여서 지금 어떻게 살고 있을까 궁금해지는 사람이 있긴 하다. 어쩌면 그도 나와 같은 생각을 할 수도 있을 것이다. 죽기 전까지 나는 몇 명의 사람들과 좋은 관계를 유지하며 살아갈 수 있을까?

명함이 없더라도 늘 기억하는 사람, 오랜만에 전화해도 반갑게 받아주는 사람, 좀 시간이 지났다 싶으면 내가 먼저 문자라도 보내서 안부를 묻고 싶은 사람, 까마득하게 잊고 있었는데 뜬금없이 잘 지내느냐 안부를 물어오는 사람, 어떤 곳에서 무엇을 하며 살아가는지 궁금해지는 사람, 어느 날은 꽃이 피었다고, 어느 날은 달빛이 밝다고 편지를 쓰고 싶은 사람, 봄날이 가기 전에 만나고 싶은 사람, 가을 낙엽을 함께 밟고 싶은 사람……

나는 그런 사람을 몇 명이나 알고 소중하게 생각하고 있는 것일까?

존재의
조건

살아오면서 몇 번 좋은 일이 있을 때마다 축하 난을 여럿 받았다. 꽤 큰 화분이나 고목 분재를 받기도 했다. 선물 받은 화초는 거실이나 베란다에 보기 좋게 놓아둔다. 날마다 물을 주고 정성 들여 키워보려 하지만 얼마 지나지 않아 잎이 시들기 시작한다. 가지에 물기가 마르고 그러다가 죽는다.

난을 키워본 사람들은 이구동성으로 동양난이든 서양난이든 난을 잘 키우려면 게을러야 된다고 말한다. 나는 그 말을 흘려들었다. 바싹 마른 화분을 보고 있기가 민망해서 물을 자주 주었더니 이내 잎이 시들었다. 오래 사는 나무도 마찬가지다. 두세 달에 한 번 정도 물을 주라고 했지만 그새를 못 참고 물을 줘서 결국 죽이고 만다.

어떤 나무는 물을 꼬박꼬박 주지 않으면 시들어버린다. 반면에 어떤 나무는 물을 자주 주지 않아야 오래 산다. 서울의 아파트로 이사 올 때 들인 나무 분재는 10년이 넘었어도 아직 뿌리가 건강하게 살아서 매년 잎이 나온다. 내 기억으로는 그동안 물을 몇 번 주지도 않았다. 그런데도 잘 살고 있으니 묘한 일이다.

회사를 퇴직할 때 어떤 직원이 화분 하나를 선물했다. 그 화분은 지금도 내 집필실 책상 위에 놓여 있다. 죽은 줄 알고 버리려다가 작은 촉이 하나 올라오기에 그냥 두었더니 저리 오래 버티고 있다. 6년 동안 도대체 물을 몇 번이나 주었을까? 화분 안의 마른 흙에 어떤 신비로운 생명의 근원이 있어서 아직 살아 있는지 도무지 모르겠다.

지상에 살아 숨 쉬는 모든 것은 제각기 존재의 조건이 다르다. 어떤 꽃은 거의 매일 물을 먹어야 살고, 어떤 나무는 1년 내내 물을 멀리해야 산다. 각각의 조건을 모르고 주지 말아야 할 물을 자주 줘서 죽게 만들거나, 매일 물을 줘야 하는데도 주지 않아서 죽게 만드는 경우가 많다.

어떻게 해야 존재의 조건에 부합하고 오래오래 건강하게 살 수 있는지, 어떻게 살아야 행복에 이르게 되는지 대상에 대한 끊임없는 공부와 관심이 필요하다. 세심한 관심을 가져야 한다. 뭘 좀 알아야 거기에 맞춰 행동할 것 아닌가? 도대체 그 많은 난을 대책 없이 죽게 만든 나의 무지를 어떻게 해야 할까. 더불어 살아가는 일이 참 어렵다.

사람의 성품과 살아가는 환경도 각양각색이다. 내가 알고 지내는 사람들, 함께 밥을 먹고 소식을 주고받는 수많은 사람들에 대해서도 세심한 관찰이 필요하다. 누구는 무엇을 좋아하고 무엇을 싫어하는지, 어떤 말과 행동이 그를 행복하게 하고 불쾌하게 만드는지 알아야 한다. 한 사람을 조금이라도 잘 안다면 소통의 물길이 막히는 일은 없을 것이다.

물을 자주 주지 않아야 잘 사는 난에 물을 자주 줘서 죽게 만드는 어리석은 행동을 더는 하지 않겠다. 물을 자주 줘야 향기로운 꽃을 피우는 화초에 물을 주지 않아서 꽃도 피우지 못하고 죽음에 이르게 하는 바보 같은 짓을 멈출 것이다. 조금 더 세심한 관찰과 섬세한 관심이 필요하다. 그게 바로 내가 할 일이다.

소주가
좋은 이유

소주는 사람과 장소를 가리지 않는다. 소주를 마시면 고여 있던 감정이 소용돌이를 일으키며 격랑이 일 때가 있다. 소주는 심금을 울려 작곡가들의 뜨거운 머리와 예민한 손끝을 자극한다. 그래서 소주에 얽힌 노래가 많다.

소주를 마실 때는 마주 앉은 사람이 아무 말 하지 않아도 좋다. 소주는 혼자 마실 때 가장 좋다. 입술 끝에 술맛이 한동안 머물러 있어서 좋다. 소주는 여럿이 잔을 부딪칠 때 흥이 솟는다. 소주는 한입에 털어 넣을 수 있어서 좋다. 소주를 마실 때는 내면 깊숙이 간직한 추억도 함께 마신다. 그럴 때 추억은 몸을 드러냈다가 감추었다가 하며 온갖 마법을 부린다. 소주는 마법 같아서 좋다.

누쿠스에선 알코올 도수가 40도인 보드카를 마신다. 이곳 사람들은 평소 술을 입에 대지 않는다. 그러나 잔칫날이

나 결혼식같이 특별한 날에는 독주인 보드카를 한량없이 마신다. 잔이 조금이라도 비면 먼저 알아챈 사람이 첨잔을 한다. 특히 결혼식에 가면 많이 마시고 취해야 할 것 같은 분위기다. 즐길 때는 확실히 즐기는 모습이다.

누쿠스의 보드카는 첫 잔을 잘 마셔야 무사히 다음 잔을 받을 수 있다. 보드카를 마실 때 바이오리듬이 맞지 않으면 목에 가시가 걸린 기분을 맛본다. 첫 잔이 목에 걸리면 그날은 눈앞에서 꽃송이가 마구 날아다닌다. 독주답게 이름값을 톡톡히 한다.

코냑과 위스키는 늘 높은 곳에 자리한다. 손이 닿지 않는 선반에 올라가 있다. 위스키를 만나려면 의자를 딛고 올라가거나 작정하고 날을 잡아야 한다. 위스키는 늘 낯선 손님처럼 가까이하기 어렵다. 옆에 있어도 몸과 마음이 반응하지 않을 때가 더 많다. 정을 주거나 받지 못해서 차갑고 냉랭하다.

때로는 위스키의 늪에 빠져드는 사람도 있지만 그리 오래가지 못하는 경우가 대부분이다. 위스키는 매끈한 미모를 자랑하지만 매혹적이지 않고 나를 유혹할 줄도 모른다. 위스키는 한번 인사하고 스쳐 지나가는 사람 같다. 그래서 나는 소주가 좋다.

소주에는 눈물과 한숨, 기쁨과 환희가 섞여 있다. 소주는 함께 마시는 사람들의 실핏줄을 자극하여 온몸을 찌릿찌릿하게 만든다. 그럴 때 핏줄이 예민한 사람들은 목소리가 커지고 서로 부둥켜안고 노래를 부르기도 한다. 소주에는 아버지의 아버지, 그 아버지의 아버지로부터 전해 내려오는 전설이 깃들어 있다. 그렇기에 소주를 마시는 사람들은 항상 잔을 부딪치며 스스로 전설을 만들어간다.

소주는 마지막 잔을 남기기도 하고 비우기도 하는 자유가 있어서 좋다. 소주는 인생의 쓴맛과 단맛, 짠맛과 신맛을 말로, 노래로, 큰 소리로, 약간의 비틀거림으로 표현할 수 있게 해서 좋다. 나는 소주가 좋다.

당신인가요?

먼 우리
즈믄 해 건넌 바람인 줄 알고부터
숨결 마디마디 청대를 심었습니다.

깊은 밤
대숲 감도는 퀘나* 소리
당신인가요?

— 김정연, 〈시간 밖에서〉

시간을 안과 밖으로 나눌 수 있을까? 추상적인 관념이지
만 조금 더 깊이 들어가면 철학 명제로 삼기에 좋은 주제가
된다. 하지만 이 시에서 시간의 개념을 두고 안과 밖의 기준
을 따지는 일은 무의미하다. 누구나 각자 인식의 세계가 다

르고, 시의 화자가 상상하는 영역에는 그 어떤 한계도 없다.

'시간 밖에서'는 '시간 안'의 세계를 들여다보고 움직이는 소리를 듣고 생사의 여정을 사유할 수 있다. 그러므로 화자가 인식하는 '시간 밖에서'는 지금 우리가 숨 쉬고 살아가며 사랑하고 헤어지는, 시간 안의 속계가 고스란히 드러나는 셈이다.

시간 밖을 인식하는 화자는 시간 안의 사람이 오감을 통해 눈에 보이지 않는 것까지 느낄 수 있도록 도와준다. 시간 안의 사람은 이로 인해 시간 밖에 있는 절대적 그리움의 대상을 수시로 호출한다.

그리운 님은 이미 먼 곳에 있다. 비로소 당신과의 인연이 불어오고 스쳐 가는 바람 같은 것임을 알았으므로, 숨결 마디마디 청대라도 심어서 기억하겠다는 다짐이 참 눈물겹다.

불어왔다 스쳐 가는 바람이 깊은 밤 대숲 감도는 퀘나 소리로 바뀌는 것은 뼈에 사무친 그리움을 불러일으킨다. 깊은 밤 들려오는 그 소리에 거듭거듭 "당신인가요?"라고 묻는다. 이는 주체할 수 없는 사랑의 연緣이자 한 인간이 맺고 끊지 못하는 생의 업이다. 그리움을 가득 품은 채 살아가는

---

* 잉카인들은 사랑하는 이가 죽으면 그의 정강이뼈로 악기를 만들어 떠난 이가 그리울 때마다 불었다고 한다.

사람에게 바람이나 청대나 퀘나 소리는 그저 세월의 강 위를 떠다니는 부유물에 불과할지도 모른다.

다만 화자는 깊은 밤 밀려드는 그리움을 어찌할 수 없어서 어둠 속의 미세한 움직임이나 문풍지를 스치는 바람 소리에도 그리운 님을 생각한다. "당신인가요?"라고 묻고 또 물으면서. 곰삭은 마음이 그리움으로 흥건하게 젖을 때마다.

3장   **나는 걸었다**

길에 대한
생각

우연

'살길'이 막막하다고 할 때의 길은 막연하고 추상적으로
다가온다. 애매모호하나 그렇다고 완전히 감이 잡히지 않는
건 아니다. 누구나 각자 나름대로 생각하는 길이 있을 것이
기 때문이다.

부산의 오륙도 해맞이공원에서 출발하여 해운대 미포항
까지 18킬로미터를 걸었다. 그 길은 해파랑길 제1코스로 불
린다. 봄빛이 완연한 해파랑길은 현실의 눈앞에 명료하게
펼쳐져 있었다. 이기대공원과 해안산책로를 지났다. 이어서
용호부두를 거쳐 광안리 해변길을 걷고 나니 동백섬이 나타
났다. 동백섬 황옥공주상 앞에서 한숨을 돌리고 곧바로 해
운대 백사장에 도달했다.

한 생의 이면은 수없이 많은 우연들로 이루어진다. 길은 무수히 많은 생의 이면을 전면에 드러내며 구체적으로 다가온다.

해파랑길 위에서 생각한 모든 것이 나타났다가 한꺼번에 사라졌다. 해무가 보이는가 싶더니 순식간에 사라져버렸다. 길을 걷다가 한 카페에 들어갔다. "부산에 가면 다시 너를 볼 수 있을까…" 중저음이 매력적인 가수 최백호의 노래 '부산에 가면'의 첫 소절이 흘러나왔다.

노래를 들으며 커피를 마시는데 나도 모르는 사이에 당신이 맞은편 자리에 앉아 있었다. 그러다가 당신은 사라졌다. 하루의 피로를 단번에 씻어주던 당신의 농담 한마디를 기대했는데 당신은 어느새 뒷모습조차 보이지 않았다.

해안길 바로 밑 바위에 부딪치는 파도는 그저 무념무상으로 밀려왔다가 다시 밀려나갈 뿐이었다. 걷고 또 걷는 동안 진이 다 빠졌다. 땀으로, 한숨으로 빠져나간 내 몸의 빈자리에 알 수 없는 눈물이 고였다. 눈물은 길 위에 몇 방울 떨어져 비처럼 얼룩을 그려냈다.

해운대 뒷길에 자리한 허름한 식당에 들어갔다. 전복갈비탕 한 그릇을 먹으며 16.9도짜리 대선소주 한 병을 비웠다. 혼밥이자 혼술이었다.

동행

길은 길로 이어진다. 큰길이냐 샛길이냐의 차이가 있을 뿐 길은 하나의 길 위에서 끊어지는 법이 없다. 아침에 미포항에서 출발해 하루 종일 36.8킬로미터를 걸었다.

함께 길을 가는 것, 함께 길을 가는 사람을 동행이라고 한다. 동행에는 목적과 대상이 분명해야 한다. 동행이란 말은 영원히 지속될 것만 같은, 얼마나 뿌듯하고 가슴 벅찬 말인가!

십수 년 전에 내게 와서 산길, 들길, 눈길, 둘레길 등 온갖 길을 동행한 등산화가 이제 나와 이별을 고하려 한다. 그동안 아무 탈 없이 든든한 버팀목이 돼주었던 등산화는 어느새 이음새가 벌어졌고 밑창이 너덜거린다. 아, 이럴 때 동행이란 말은 얼마나 쓸쓸하고 허전한 말인가!

임랑해변 근처의 민박집 창문은 낡은 몸으로 거센 바닷바람을 막아내느라 분주하게 흔들렸다. 그 분망한 소리에도 내 생각은 점점 더 맑고 투명해졌다.

얼룩

길은 누구나 갈 수 있지만 그 누구도 갈 길이 미리 정해진 건 아니다. 가고 싶어도 끝내 갈 수 없는 길이 있고, 가고 싶지 않아도 운명처럼 가야 할 길이 있다. 이렇게 말할 때 길은 막연하고 추상적이다.

임랑해변에서 봉태산 숲길 8킬로미터를 통과한 후, 나사해변과 간절곶을 지나 진하해변까지 이르는 19.1킬로미터는 나도 모르는 사이에 흘러내린 눈물과 간간이 새어나온 한숨이 뒤섞인 길이다.

그 길은 야생마처럼 거침없이 들을 달리다가 어느 순간 다소곳한 신부가 되어 내 옆에 다가앉았다. 그 길에선 몇몇 사람들이 땅을 파거나 기둥을 세우며 건설을 하고 있었다. 누군가는 미역을 말리고 누군가는 푸른 바다에서 잡아올린 아귀를 수레로 나르고 있었다. 이럴 때 길은 분명하고 구체적이다.

누군가가 한숨과 눈물로 걸어갔을 그 길을 오늘은 내가 걷는다. 내가 걸을 때 남겨놓은 얼룩을 느끼며 내일 또 누군가가 걸어갈 것이다. 몸을 통과하는 바람이 앞에서 불어올 때와 뒤에서 불어올 때의 차이를 나는 본능적으로 느낀다.

간절곶 소망우체통을 등 뒤에 두고 앞에서 불어오는 바

람을 맞고 있자니 눈앞에 펼쳐진 바다가 무언가를 집어삼킬 듯 하얀 이를 드러내며 자신의 본성을 과시하고 있다. 누군가는 길 위에서 태어나 한 생을 살아가고, 또 다른 누군가는 길 위에서 한 생을 마감한다. 나는 여전히 길 위에 있고 당신은 이제 길 위에 없다. 어느 순간 길을 걸을 때 쓸쓸하고 허무한 감정이 찾아오지만 나는 여전히 길 위에 서서 먼 바다에 시선을 고정한다.

간이역

길 위에서는 수많은 우연과 우연이 발생한다. 우연이 쌓여 한 생의 이면이 만들어지고, 그 이면들이 겹치고 포개져 마침내 한 사람의 얼굴이 된다. 그러므로 한 사람의 얼굴에는 지상에 존재하는 수많은 길의 이미지가 숨어 있다. 이럴 때 길의 의미는 모호하고 추상적이다.

걸어가는 속도는 점점 느려지고 있지만 머릿속에 혼란스럽게 자리하던 생각의 갈래들은 점점 더 명쾌하게 가려지고 정리되는 중이다. 버려야 할 것들과 끌어안고 가야 할 것들이 서로 손을 흔들며 이별 연습을 한다.

시골 간이역인 덕하역은 외양은 단출하나 사람들의 승하

차를 굳건히 책임지며 역으로서 제 몫을 다하고 있었다. 역사 지붕 위로 비가 후두둑 떨어지고 바람이 불기 시작했다. 만나고 헤어지는 간이역에 어디 맑은 날만 있겠는가! 우리의 삶도 이와 같아서, 살면서 누군가를 새로 만나거나 알던 사람을 떠나보내기도 한다. 길 위에서는 수많은 우연과 우연이 겹치고 포개져 한 사람의 행로를 결정한다.

기억

길은 늘 살아서 움직인다. 그렇게 꿈틀거리는 길을 당신과 나는 함께 걸었다. 길의 움직임을 생생히 느낄 때도 있었고 아무 미동조차 느끼지 못할 때도 있었지만, 나는 당신과 함께했던 길 위의 시간들을 기억한다. 길 위에서 당신과 우연히 주고받은 말을 기억한다. 비가 그치고 바람이 멎은 쾌적한 길 위에 많은 사람들이 서 있거나 바삐 걷고 있거나 옆 사람과 대화를 나누는 모습이 내게는 영화의 한 장면으로 남았다. 당신은 그 영화의 주인공이다.

차오프라야 강변길을 기억한다. 자작자작, 자작나무 타는 소리가 난다며 환하게 웃던 당신의 표정과 시베리아 횡단철도를 기억한다. 세계에서 가장 오래되고 가장 깊은 호수라는 바이칼호수 위로 날리던 당신의 머리카락을 기억한다. 중국의 소수민족인 장족이 천 길 벼랑이 내려다보이는 차마고도를 아슬아슬하게 달리며 불렀던 몽환적인 노래를 기억한다. 텅거리사막을 횡단할 때 보았던 일몰을 기억한다. 50도의 열기와 뜨거운 모래로 숨 막히던 타클라마칸의 그날을 기억한다.

너무나 많은 사연을 남긴 다뉴브강과 라인강의 강변길을 기억한다. 눈 내리는 삿포로의 한겨울, 길 위에서 마시던 뜨거운 어묵 국물을 기억한다.

울산의 간이역인 덕하역에서 태화강 전망대에 이르는 15.6킬로미터를 걷기 시작했다. 비가 멎은 해파랑길 위에서 수많은 기억의 파편들에 젖어들었다. 태화강 전망대에서 십리대숲길을 지나 염포삼거리에 이르는 강변로에 도착하자 세찬 바람이 불었다. 이제 길은 태화강 하류에 머무르고 강은 다시 바다의 품에 안기려 하나 바다는 세찬 바람으로 강의 등을 떠밀고 있었다.

여기서는 강과 바다의 경계가 모호해진다. 강인 듯하나 바다이고 바다인 듯하나 강이라는 이름으로 불리는 것을 허락한다. 때로는 우리의 삶도 이처럼 경계와 구분이 자로 잰 듯 딱딱 나뉘지 않는다. 단어와 단어의 경계선에서도 의미는 반드시 단 하나, 이것이라고 주장해선 안 된다.

그러므로 기억과 기억 사이로 세월의 강이 흘러 선명했던 기억이 흐려지는 일을 두려워할 필요는 없다. 강물이 바다의 품에 안기듯, 어쩔 수 없이 흐려지는 기억들은 이제 과거의 저편으로 보내야 한다. 끝없이 이어지는 길 위로 날이 저문다. 아, 이렇게 저문 날의 기억들도 길 위에 작은 흔적을 남기고 언젠가는 사라지리라. 그저 그렇게 사라지리라.

그리움

산길을 걸으면서 많은 생각을 정리한다. 숲을 이루고 있는 나무마다 이름이 다르고 숲속에서 들려오는 소리가 모두 다르듯 머릿속의 생각들도 서로 다른 갈래로 나뉜다.

어떤 것은 해풍에 단련된 솔잎처럼 뾰족하고 날카롭다. 또 어떤 생각들은 파르르 떨며 날아가는 참새의 몸짓처럼 순식간에 흩어지기도 한다. 어떤 것은 서랍 속에 들어가 잠자고 있다 누군가가 손잡이를 잡아당기면 또록또록 살아나 마음을 아프게 헤집어놓기도 한다.

드넓은 바다가 한눈에 들어오는 해안길을 걸을 때 많은 생각들이 부서진다. 온몸을 불리고 불려 무겁게 들이닥치는 파도는 해안 절벽에 이르러 한 생의 끈을 놓아버리듯 하얗

게 부서진다. 전력을 다해 밀고 왔다 한순간에 부서지고 또 밀고 왔다 부서지기를 반복한다. 그러는 것이 과연 파도뿐일까. 묵직하게 다가온 삶의 기억들도 어느새 가볍게 부서지고 무너지고, 또 부서지고 무너지는 것을.

발바닥이 터져 물집이 생기고 장딴지 근육이 뭉쳐 걸음을 멈출 때마다 나는 태어나서 처음으로 '그립다'는 말과 '보고 싶다'는 말이 '눈물'과 동의어라는 사실을 알았다. 지독한 그리움이 거대한 파도처럼 몸집을 불리고 불려 천천히 밀려온다. 그 파도는 대왕암 주상절리에 하얀 포말을 일으키며 혼절하듯 산산이 부서져 내린다.

파도는 하루 종일 물을 밀고 와서 부서지고 또 밀고 와서 부서질 것이다. 그렇다. 인생은 자꾸 누군가에게 무엇을 부탁하고 또 부탁하는 일의 연속인지도 모른다. 푸른 바다가 드리워진 길 위에서 내 행동의 덧없음을 다시 생각해보는 시간이다.

해풍이 머물다
떠난 자리에

섬 여행을 즐기는 사람이 많다. 푸른 바다와 청량한 산, 기분 좋은 별미를 동시에 즐길 수 있기 때문이다. 바닷바람이 그리워 나도 섬으로 갔다. 서해에 웅크린 섬 가운데 하나를 골랐다. 배를 타고 40여 분이 지나서 작은 섬에 도착했다. 산 정상의 높이가 200미터에 불과하지만 긴 능선을 타며 양옆에 드넓게 펼쳐진 바다를 조망할 수 있는 섬이었다.

초록의 산에서 푸르른 바다를 보니 답답했던 마음이 탁 트였다. 섬 여행은 산과 바다와 내가 한몸이 되는 느낌을 준다. 바닷바람은 비릿하나 본능을 자극한다. 산바람은 청량하나 긴 머리를 휘날리며 손 흔들고 가버리는 여인처럼 맵차다.

팔순의 할머니가 소라를 팔고 있었다. 테이블로 가 앉았다. 접시에 놓여 있는 소라를 몇 개 파먹고 나니 귓전에서 파도소리가 들려왔다. 팔순의 노인은 살아온 이야기를 한 보따리 풀어놓기 시작했다. 나는 고개를 끄덕이며 집중했다. 아들딸의 안부와 천재들처럼 공부를 잘하는 손자, 손녀의 활약상을 들었다. 잘 삶아진 소라의 알맹이가 쏙쏙 빠져나와 내 입속으로 미끄러져 들어갔다. 노인은 내 앞의 접시가 비기 무섭게 매운 초장을 연신 부어주었다.

한 생이 저물어가지만 초라하지 않고, 한 생이 섬을 떠돌지만 물에 젖지 않았다. 섬 산의 정상은 그리움이 가득하다. 섬은 늘 뭍을 그리워한다. 반쯤 몸을 적셔 소리를 쳐도 그 소리는 뭍에 가닿지 못하고 늘 되돌아온다. 섬 산의 능선은 관능적이다. 주체할 수 없는 몸을 똑바로 일으키지 못하고 길게 누워 있다. 누워서 바다 건너 뭍을 애틋하게 바라보며 그리워한다.

섬 산을 걸을 때는 귀를 열고 입을 닫아야 한다. 산에서 날아오는 아련한 숨소리를 들어야 한다. 해풍은 섬을 영영 떠날 것처럼 가버렸다가 다시 한번 인사를 하려는지 섬으로 되돌아온다. 바람은 해송 끝에 머물기도 하고 팔순 노인의 치마폭을 휘감기도 한다.

해풍이 머물다가 떠난 솔잎 위에 손톱만 한 그리움이 남아 있다. 해풍은 섬으로 불어와서 머리를 풀고 사라진다. 해풍이 사라진 자리에 뱃고동 소리의 여운만 가득하다.

경춘가도

가평군 북면 제령리에 있는 묵정밭을 왕래한 지 10여 년이 되었다. 주말이면 아내와 함께 홍은동에서 출발하여 내부순환도로를 지나 경춘가도를 탔다. 그 후 가평을 지나 북면 제령리의 막골로 갔다.

우리 부부는 새벽에 북한강변을 달리며 참으로 많은 얘기를 주고받았다. 조그만 밭을 마련하여 해마다 이것저것 심어놓고 10여 년 동안 열심히 가꿨다. 날이 갈수록 힘에 부치기도 했지만 밭농사의 매력에 빠져들었다.

가격으로 따지자면 돈을 주고 사 먹는 게 훨씬 경제적이었다. 그러나 함께 농장을 다니고 땀 흘리며 가꾸는 과정에 돈으로 환산할 수 없는 가치가 살아 있었다. 그 가치는 유기농이라 건강에 좋다는 사실을 차치하더라도 정신적으로 아름답고 고귀한 선물로 다가왔다.

우리는 교통 혼잡을 피하기 위해 새벽에 집을 떠나 밤중에 귀가했다. 오고 가는 시간은 오직 아내와 나 둘만의 시간이었다. 옆에서 이런저런 얘기를 들려주는 아내로 인해 나는 운전하면서도 지루하거나 피곤하지 않았다. 무엇이든 속에 담아두길 싫어하는 아내는 그 시간이 우리가 터놓고 얘기할 수 있는 시간이라 좋다고 했다.

　'사랑해'라는 말을 경춘가도 위에서 수없이 반복했다. 아내가 먼저 하고 내게 시켰다. 쑥스러워하는 내게 억양과 함께 분위기와 감정을 실어서 해야 한다며 반복해서 연습을 시켰다. 그때 그렇게 하지 않았다면 나는 지금도 아내에게 '사랑해'라는 말을 하지 못했다며 후회하고 있을지도 모른다.

사막에서
바람이 불어오면

오늘 아침은 오랜만에 서늘한 바람이 찾아왔다. 누쿠스에도 이상기온 현상이 자주 나타난다고 하니 언제 또 날씨가 바뀔지 장담할 수 없다. 그래도 잠시 서늘한 바람이 불어 뜨거운 사막의 열기를 식혀주니 좀 살 것 같다.

가수 이소라의 불후의 명곡인 '바람이 분다'를 끝도 없이 들었던 적이 있다. 가사에 녹아 있는 한마디 한마디가 마음 밑바닥까지 숨어버린 감정선을 끊임없이 자극하여 울컥거리게 했다. "바람이 분다. 서러운 마음에 텅 빈 풍경이 불어온다." 가수는 음으로 감정을 녹여내 듣는 사람의 정서를 움직이는 사람이니 내 마음의 바닥이 요동친다 해서 흉 될 일은 아니다.

"바람이 분다. 시린 향기 속에 지난 시간을 되돌린다." 가수가 단전에서부터 소리를 끌어올릴 때 나는 수시로 울컥

했다. 내가 사는 누쿠스는 한 발짝만 벗어나면 사막이다. 사막에서 불어오는 바람은 망설임이 없다. 거칠 것이 없으니 직선으로 불어와서 직선으로 날아간다.

사막에서 또다시 바람이 불어오는 어느 날, 나는 공원 벤치에 앉아 있거나 미술관 옆을 걷고 있거나 노천카페에 앉아 또 이소라의 노래를 들을 것이다. "내게는 천금 같았던 추억이 담겨져 있던 머리 위로 바람이 분다."

여행 떠난 물이 돌아오기를 기다리는 사람들

사막마을 무이낙은 한때 아랄해의 풍요로운 물이 넘실거리던 항구도시였다. 물이 마르기 전 아랄해를 그린 그림은 대부분 30~40년 전의 그림들이다. 광활한 염호를 지나다니던 배들은 물이 사라지고 모래만 가득한 땅 위에 덩그러니 웅크리고 있다.

그림을 보면 물이 가득 차 있을 때의 무이낙은 지금의 모습과는 많이 다르다. 마을과 마을을 오갈 때 쪽배를 타고 이동하는 등 작은 배가 주요 교통수단이던 시절이다. 문 앞에서 찰랑이는 아랄해가 눈앞에 생생하다.

물은 떠나고 마을은 사막이 되었으나 대대로 무이낙에 터를 잡고 살아온 사람들은 여전히 그곳에서 평화롭게 살아가고 있다. 언젠가 사막이 다시 물에 젖을 때도 사람들은 그곳에서 태연하게 살아갈 것이다. 환경이 어떻게 변하든 상관없이 떠날 사람은 떠나고 남을 사람은 남아서 살아가는 것이 사람 있는 모든 곳의 풍경이며 하나의 생존 질서다.

오랜 기간 침체되었던 무이낙이 모처럼 활기를 띠고 있다. 무이낙에 남아 살아가는 사람들은 하나의 희망을 가슴 깊은 곳에 품고 있다. 그들은 여행을 떠난 것만 같은 물이 다시 돌아오기를 기다리며 산다. 무이낙 사람들의 희망이 언뜻언뜻 말과 행동으로 그리고 표정으로 모습을 드러낼 때가 있다. 나는 그 순간을 놓치지 않는다.

빨간 목도리

어떤 물건은 존재 자체로 가치를 부여하고 싶다. 그런 물건들은 주로 나와 오랜 기간 함께했거나 내 몸에 착 달라붙어 호흡을 같이한 경우가 대부분이다. 나는 첫눈에 앞으로 나와 오래 함께할 느낌이 드는 물건을 살 때는 가격을 흥정하지 않는다. 달라는 대로 다 주고 산다.

나중에 비교해보면 비싸게 산 경우가 많지만 그래도 괜찮다. 비싸다, 아깝다는 생각을 하지 않는다. 그 물건에는 그에 상응하는 가치가 있다고 여기거나 믿어버린다. 가격이라는 수치로 판단하지 않고 그 물건의 존재가치와 그 물건에 대한 나의 애정을 묶어 별도로 내 마음의 가격을 산정하는 것이다. 그런 나를 두고 별난 사람이라고 생각할지도 모른다. 하지만 누가 뭐라고 하든 그게 내 삶의 가치관이자 내가 가진 개똥철학인데 어떻게 할까.

우즈베키스탄의 천년 고도이자 아름다운 이슬람 유적이
보존된 도시 히바를 여행할 때였다. 길거리의 한 상점에 있
는 빨간 목도리가 내 마음을 단숨에 사로잡았다. 여기서 겨
울을 나려면 든든한 목도리 하나는 있어야겠다는 생각을 하
던 차에 그 빨간 목도리가 내 눈에 확 띄었던 것이다.

두말 않고 가게로 들어갔다. 가격을 물어보지도 않은 채
목도리를 집어들고 돈을 내려 하자 가게 주인인 중년 남성
이 20만 숨이라고 얼른 말했다.

그때 나를 따라 가게로 들어와 내 곁에 서 있던 우즈벡
가이드가 그 말을 듣고 큰소리를 냈다. 가이드와 가게 주인
이 한마디씩 주고받을 때마다 가격은 점점 내려갔다. 손을
들어 가이드를 제지하고 곧바로 돈을 지불했다.

나는 16만 숨을 냈다. 우즈벡 가이드가 나를 위해 4만 숨
을 깎아주었는데도 하나도 고맙지 않았다. 그 목도리는 설
사 20만 숨을 더 주고 사도 아깝지 않을 정도로 내게는 매혹
적이었고 그만한 가치를 지니고 있었다.

그때 나와 동행했던 사람들이 나를 더 우습게 본 것은 어
떤 사람이 그 길 끝에 있는 가게에 들어가 내가 샀던 것과 똑
같은 목도리를 10만 숨에 샀다며 눈앞에 펼쳐놓았을 때였다.

그러나 애당초 나에게 가격은 중요하지 않았다. 그 목도
리를 사야겠다고 결심한 바로 그 순간의 내 감정과 그때 목

도리를 보고 느낀 내 마음의 가치를 어찌 동일하게 비교할 수 있단 말인가. 같은 목도리라 하더라도 마음의 욕구를 채우며 샀을 때와 그렇지 않았을 때의 가치는 다르다고 생각한다. 나중에 싸게 샀다고 보여준 목도리의 가격이 10만 숨이 아니라 5만 숨이었다고 해도 내가 산 빨간 목도리의 가치를 결코 뛰어넘을 순 없을 것이다.

세상을 바라보는
관점

세상을 바라보는 관점은 크게 두 가지가 있다. 긍정적이고 낙관적으로 보는 시선과 부정적이고 비관적인 눈으로 보는 관점이 그것이다. 어떤 시선으로 보느냐에 따라 과거와 현재, 미래를 바라보고 받아들이며 예측하는 견해가 달라진다. 어떤 선택을 내릴 때도 두 관점에 따라 결정이 달라진다.

이것은 한 사람의 세계관과 밀접해서 어느 것이 옳고 어느 것이 그르다고 말할 수 없다. 다만 다를 뿐이다. 그 다름을 인정하는 것이 현명한 사람이 할 수 있는 최선의 자세이자 태도다. 세상의 모든 일은 이 두 견해를 축으로 한다. 하나는 원심력으로, 하나는 구심력으로 작용하며 나아간다. 현자들이 축적해놓은 동서양의 모든 철학도 크게 보면 별로 다를 게 없다.

내가 살아온 삶의 바탕과 순전히 내 개인적인 경험으로

말하자면, 긍정적인 사람은 여유롭고 느긋하다. 협소하고 우둔한 나만의 소견일지는 모르겠지만 긍정적인 사람은 항상 서두르지 않고 기다릴 줄 안다. 이들은 대체로 지성에 바탕을 두고 지혜를 발휘한다. 그러나 단점으로 천성이 게으르고, 문제가 생겨도 즉시 해결방법을 찾지 않고 차려놓은 밥상에 숟가락만 드는 것을 좋아하는 경향이 있다.

부정적인 사람은 매사에 불평불만이 많다. 대체로 성질이 급해서 일을 서두르다가 그르치기 일쑤다. 단기적으로 보면 이들은 단점만 눈에 띈다. 그러나 오래 보면 생각이 달라진다. 이런 사람들로 인해 일이 추진되고 불합리한 점들이 개선된다. 앞장서서 끌고 가는 힘을 발휘하며 우리 사회를 더 좋은 모습으로 변모시킨다.

지금까지 경험한 우즈베키스탄 사람들은 매사에 긍정적이고 낙관적이다. 무슨 일이든 재촉하고 서두르는 법이 없다. 따지고 보면 사실 서둘러서 되는 일도 아니다. 만나서 인사를 하는 순간부터 낙천성이 두드러진다. 안녕하시냐고 묻고 그냥 끝나는 법이 없다. 잘 지냈느냐, 요즘 지낼 만하냐, 별일은 없냐, 가족은 어떠냐, 일은 할 만하냐로 계속 묻고 답하며 대화를 이어간다. 오랜만에 만나면 더 그렇다. 간단한 인사나 악수로 끝내고 바로 돌아서는 법이 없다.

갑자기 정전이 되어도 또 정전이구나, 조금 있으면 전기가 들어오겠지, 라고 생각한다. 몇 시간이고 계속되면 무슨 사정이 있어서 그러는 거겠지 한다. 아무런 예고 없이 갑자기 인터넷이 중단된 적이 있었다. 집주인에게 연락했더니 알았다고, 기다리라고 한다. 그냥 기다리면 된다고 말할 뿐이다. 무슨 문제든 다 해결되니 걱정하지 말라고 한다. 다만 시간이 걸릴 뿐이다. 어떤 일이 약속한 날짜까지 안 되면 안 되는 이유가 있으니 그런 것이라고 말한다.

우즈베키스탄 사람들은 어떤 경우에도 부정적인 말을 하지 않는다. 사람이 하는 일이니 사실 그 말이 틀리다고 따질 수가 없다. 어디를 가서 누구를 만나도 '된다(Bo'ld, 볼드)'와 '가능하다(Bo'lad, 볼라드)'를 입에 달고 산다. 된다고, 가능하다고 말은 했지만 아마 되지 않을 수도, 가능하지 않을 수도 있다는 것을 알아야 한다. 악의 없이 희망을 갖고 말하는 것이니 알아서 잘 받아들이면 아무 문제가 없다.

나는 여기 사람들의 이런 자세와 태도가 좋다. 부정적인 언사를 나누며 서로 얼굴 붉혀봐야 기분만 상하고 좋을 게 하나도 없으니 말이다.

사막에 가면
당신이 있을까

나에게 사막은 동경의 대상이었다. 언젠가 사막여행을 떠나리라 마음먹었지만 엄두가 나지 않아 실행을 못 하고 있었다. 그러나 더는 미루고 싶지 않았다.

나는 2016년에 텅거리사막, 2018년에 타클라마칸사막, 2019년에 아랄사막을 다녀왔다. 텅거리사막은 중국의 내륙 도시인 인촨을 통해 들어간다. 이 거대한 사막은 고비사막의 외곽에 있다.

나는 텅거리사막에 가서 말로만 듣던 오아시스를 처음 보았다. 광활한 사막 한가운데에 인간과 동물에게 생존의 열쇠가 돼주는 오아시스가 있다는 사실이 경이로웠다. 텅거리사막의 일몰은 눈부시게 아름다웠다. 텅거리사막을 다녀와서 나는 시 한 편을 남겼다.

북극성에 오금 저린 사막의 밤이 가고

팽팽하게 몸을 비튼 내 노트의 글자들이

점점이 모래가 되어 다시 눈을 뜨는 아침

수천 년의 발걸음도 흔적을 지운 이곳

내 걸음 뒤를 재며 질문 하나 따라온다

무엇을 남길 것이냐 물어오는 모래바람

쌓아도 부서지는 기껏 한낱 모래성을

모둠발로 뛰어도 볼 수 없는 신기루를

서너 점 덤을 받아도 무너지는 포석을

견디라 견뎌보라 마른 모래언덕 너머

낙타의 더운 입김 옆구리에 닿을 때

일몰은 사막 끝에서 물음표를 남긴다

— 졸시, 〈사막어록 5〉

    타클라마칸사막은 한여름 온도가 50도를 오르내리는 곳
이다. 타클라마칸에 있는 산의 이름조차도 화염산火焰山이듯
땅과 하늘이 한꺼번에 이글이글 타는 사막이다. 중국의 서
북쪽 끝자락인 톈산북로天山北路에 해당하는 곳으로 실크로

드에 속한다.

한여름 햇볕에 맨살을 드러내면 살갗이 그대로 탈 정도로 강렬한 열기로 가득한 곳이다. 건조하고 뜨거운 날씨로 인해 당도 좋기로 이름난 건포도가 생산된다. 타클라마칸은 전 세계 건포도 생산량의 대부분을 차지한다.

이 지역은 수천 년 전의 미라가 지금도 계속 발굴되고 있는데 이 또한 건조한 기후 때문이다. 이곳에 자리한 우루무치박물관에서 신체의 윤곽이 뚜렷한 미라를 볼 수 있었다. 타클라마칸에 거주하는 사람들은 선조들이 지하에 건설한 수로의 덕을 톡톡히 보았다. 톈산산맥에 쌓인 눈이 녹으면 수로를 통해 맑은 물이 흘러내려 온다. 수로는 지금도 똑같은 방식으로 이 험난한 지역에 사는 사람들의 생존을 가능하게 한다.

아내는 어렵고 힘든 사막여행을 누구보다도 즐겼다. 들뜬 목소리로 언제 여기를 다시 올 수 있겠느냐고 말했다. 얇고 흰 천으로 온몸을 휘감고 사막을 뛰어다니며 좋아하던 아내가 그립다. 그녀는 어쩌면 천상에서 타클라마칸사막 위를 훨훨 날아다니고 있을지도 모른다.

누쿠스의 대학교에서 한국어 강의를 시작하며 지금 내가 실크로드의 중심에 있다는 사실만으로도 가슴이 뛰었다. 그리고 사막여행을 향한 또 한 번의 기대를 품었다. 바로 누쿠스 근처 마을인 무이낙에 있는 아랄사막을 여행하는 일이었다.

아랄사막은 세계에서 네 번째로 큰 호수가 있던 곳이다. 어느 날 갑자기 호수의 물이 말라 거대한 사막으로 변해버렸다. 무이낙은 아랄해의 옛 항구도시다. 무이낙에는 일명 '배들의 무덤'이라고 불리는, 폐선들을 전시하는 곳이 있다. 야외 박물관이나 마찬가지다. 바다만큼 거대한 호수 위를 바쁘게 오갔지만 하루 아침에 일어난 변화로 미처 떠나지 못한 배들이 모래 위에 웅크리고 있다. 모래로 뒤덮인 무이낙은 아랄해의 물이 찰랑거리던 옛 시절을 가슴 가득 품고 있다.

아랄사막 여행은 아내가 떠나고 난 뒤 아내를 떠올리며 떠난 여행이었다. 일단 사막지대로 들어서니 모든 통신이 두절되었다. 타고 간 지프차가 고장이라도 나면 다른 차가 지나갈 때까지 속수무책으로 기다려야 했다. 가도 가도 보이는 건 사막뿐이었다.

나는 여기서 신기루를 체험했다. 가시권 내에 물이 찰랑거려서 이제 다 왔다고 생각했으나 가보면 역시 사막이었다. 인내심의 한계를 체험할 수 있는 곳이기도 했다. 아내와 함께 왔다면 긍정적인 아내는 역시 이 고통을 즐겼을 것이다.

아랄사막을 다녀와서 일주일간 몸살을 앓았다. 몸이 붕

떠서 사막 위를 날아다니는 환시와 사막의 소리로 가득한 환청이 나타났다. 몸의 고통을 겪은 이후 나는 웬만한 고민은 하지 않고 살기로 했다. 신체의 아픔을 통해 마음을 비운다는 일이 어떤 것인지 직접 느꼈기 때문이다. 시간이 흐르고 난 뒤에는 모든 추억이 아름답다. 사막여행은 고통의 체험인 만큼 황홀한 아름다움을 남기는 여행이다. 북극성으로 떠난 아내는 돌아오지 않고, 나는 이제 더 이상 혼자 사막에 가지 않으려고 한다.

마음을 자유롭게
놓아두는 시간

'산책하다'라는 말은 표면적인 의미 외에 영어와 우즈베크어에서 각각 다른 뜻을 지니고 있다. 영어식 표현은 걸음을 옮기는 물리적인 행위에 중점을 두는 반면, 우즈벡식 표현은 마음을 자유롭게 놓아둔다는 심리적인 의미에 중점을 둔다.

같은 단어나 말이라도 이렇게 문화권과 국가에 따라 의미에 차이가 있다. 서양문화가 직접적이고 합리적이라면 동양문화는 우회적이다. 동양에서는 배려심이 있는 정서가 강조된다. 우즈베키스탄은 동서양의 중앙에 위치하여 양쪽의 문화를 다 흡수했지만 정신적으로는 동양문화에 더 가깝다.

서로 다르다는 것을 인정하고 접근하는 것이 이국생활의 첫 번째 스텝이다. 나태주 선생은 "자세히/보아야/예쁘다//오래 보아야/사랑스럽다//너도 그렇다."라고 썼다. 육안으로 보는 것 외에 심안으로 보는 것도 중요하다는 이야기다.

아침에는 꼭 산책을 하자고 나와 약속했다. 하루도 빼먹지 않고 이른 아침 한 시간을 산책하는 데 투자했다. 그냥 걷지 않고 공들여 걸었다. 많은 생각들이 저절로 걸러지며 머리가 맑아졌다. 생각을 정리하면서 눈에 들어오는 이국의 풍광을 멀리서 여유롭게 보았고 가까이에서 자세히도 보았다. 뒤엉키고 구부러진 나의 진면목이 고스란히 드러났다. 매듭 하나를 풀고 자세를 바로잡는다. 아직도 가야 할 길이 멀다.

이른 아침 산책은 온전히 내 시간이어서 조급히 서두를 일이 없다. 일정하게 보폭을 유지하며 걷는다. 소걸음으로 천리를 간다고 했던가. 내가 살아온 길이 사금파리처럼 빛나지 않는다는 걸 잘 안다. 좀 더 연마하고 천착해야 한다는 것도 잘 안다.

젊은 시절 왜 내가 길을 소재로 많은 작품을 썼는지 이제야 감이 좀 잡힌다. 길에 대한 목마름을 느꼈던 청년이 지금의 나를 있게 한 것이 아닐까. 더 자세히 나를 살피고 더 깊이 나를 들여다보아야겠다. 사람들은 잘 보기 위해서 멀리 보는 습관을 기른다. 아름다운 삶을 가꾸기 위해 더 자세히 본다. 나도 그렇다.

도슬릭
강변에서

해가 뉘엿뉘엿 기울어 강물에 빗금을 긋는 일요일 늦은 오후, 도슬릭 강변 산책에 나섰다. 모스크 사원의 푸른 첨탑에서 울리는 장중한 기도 소리가 긴 꼬리를 흔들며 사방으로 흩어졌다. 기도는 바람을 타고 나아갔다. 벽에 부딪혀도 되돌아오지 않고 오가는 사람들의 옷자락에 스며들었다. 강변에는 적막이 흐르고 있었다.

벤치마다 앉아 음식을 무릎 위에 놓고 도란도란 얘기를 나누는 청춘남녀의 대화는 멀리 가지 못하고 두 사람의 주위를 맴돌았다. 한 무리의 비둘기 떼가 오가는 사람들의 눈치를 보지 않고 젖은 깃을 말리는 데 열중한다.

빈 벤치에 방금 자리를 털고 일어나 다정하게 걸어가는 두 남녀의 온기가 남아 있다. 두 사람이 나눈 이야기와 눈빛이 따뜻했을 거라는 생각이 든다.

아이들이 장난을 치며 놀고 있다. 강변의 아이들은 위험을 두려워하지 않는다. 철제 울타리를 넘어갔다가 다시 넘어오기를 반복한다. 못해도 열두 살은 넘지 않을 것이다. 인생에 두려울 게 없는 나이다. 무사히 잘 돌아오기만 한다면 저 들판 끝까지 마음껏 날아갔다가 다시 즐겁게 되돌아오기를 바란다.

나의 바람과 달리 아이들이 재잘거리는 소리는 물에 젖어서 멀리 가지 못한다. 비둘기가 깃을 퍼덕이며 말리는 소리보다 더 작다. 소리가 작은 아이들도 눈은 깊어서 멀리서도 초롱초롱한 빛이 보인다. 그 눈 속에 내 마음이 빠져 들어간다.

도슬릭 강변에 가을이 깊다. 푸른 가을 하늘을 향해 마른 억새 잎이 하늘하늘 날아간다. 강의 작은 선착장에 모녀로 보이는 두 여인이 있었다. 엄마로 보이는 여인은 서 있고 딸처럼 보이는 젊은 여인이 그 앞에 앉아 있었다.

앉아 있는 여인이 설움에 겨운 소리로 흐느끼며 무슨 애기를 하고 서 있는 여인은 가만히 그 얘기를 듣고 있다. 서 있는 여인이 앉아 있는 여인의 어깨를 간간이 두드려준다. 서럽게 흐느끼는 소리를 가로막으며 위로를 전한다.

무엇이 저렇게 서러울까? 눈물이 흘러 강물이 살짝 불어났다. 강변의 적막에도 조금 금이 갔다. 억울한 일일까, 가슴이 아프고 슬픈 일일까? 어쩌면 인생이라는 강 위에 눈물 한 방울 보태는 작은 일일지도 모른다. 시간이 조금만 흘러도 기억조차 나지 않을 일일 수도 있다. 해는 뉘엿뉘엿 저물어가고 설움에 겨워 울부짖는 여인의 목소리가 강물 위로 흩어진다. 목소리의 무게로 인해 도슬릭 강물이 한 뼘쯤 높아졌다.

엄마로 보이는 여인이 다독거리는 소리가 강물의 물비늘과 함께 반짝인다. 엄마는 딸의 서러움을 다 받아주고 따스하게 감싸준다. 그 목소리로 인해 강물이 다시 낮아져 원래의 높이를 유지한다.

첨단과학이 해결해주지 못하는
지극히 인간적인 일

　길 위에 하루 종일 하염없이 앉아 있는 여인들이 보인다. 그녀들 앞에는 개다리소반 같은 작은 상이 놓여 있고 상 위에는 조그만 돌멩이들이 모여 있다. 소반 위로 돌멩이들을 흩뿌리며 돌점을 치는 여인들이다. 그들은 상 위에 흩어진 돌멩이들을 보며 사람의 길흉화복을 점친다.

　점 보는 사람들로 항상 붐비지는 않지만 간혹 그 여인들 앞에 앉아 뭔가 심각하게 이야기를 주고받는 사람들이 있다. 그들은 아마도 그 무엇보다 궁금할 자신들의 운명을 물어보고 이야기를 듣고 있을 것이다.

　젊은 남녀는 미래의 배우자를 묻고, 나이가 있는 사람들은 집안의 대소사나 가족들의 길흉화복에 대해 물을 것이다. 일을 묻든 재산을 묻든 누구나 똑같이 앞으로 어떻게 살아야 좋을지를 묻고 답을 기다릴 것이다. 그들은 서로 묻고 답하며 땅의 이치와 하늘의 질서에 대해 의논한다. 지상에는 점 보는 여인들을 통해서 특별한 위로를 받고 싶어하는 사람들이 있는 법이다.

디지털과 첨단과학으로 둘러싸인 21세기에도 이렇게 원시적이고 아날로그적인 방법으로 자신의 운명을 예측해보는 사람들이 있다. 마음의 위안과 위무가 필요한 사람들이 선택하는 다양한 수단 중 하나다. 이를 굳이 나무랄 필요는 없을 것이다. 그렇게 해서라도 마음의 평화를 얻어 하는 일이 술술 잘 풀려나가면 얼마나 좋겠는가.

점쟁이의 말을 곧이곧대로 믿는 사람은 드물 것이다. 대개는 재미 삼아 아니면 사는 게 하도 답답해 뭐라도 알고 싶어서 혹은 심심풀이로 보는 사람도 있으니 점치는 여인도 그 말을 듣는 사람도 피차 별 부담은 없는 것이다.

동양에 사주팔자를 믿는 사람들이 있는 것처럼 서양에도 별자리 운세에 의지하는 사람들이 있다. 미래를 예측해보고 점을 치는 일은 모든 문화권에서 공통적으로 나타나는 오랜 문화의 일종이다. 다만, 작은 돌멩이를 이용해서 점을 치는 모습을 처음 봤기 때문에 매우 신기했다.

대화를 나누다가 놀랍게도 어떤 현상이나 사건을 정확하게 예측하는 사람들에게 "남산 밑에 돗자리 깔아도 되겠다."라고 한다. 많은 사람들이 오가는 남산 밑에서 사람들의 점을 쳐주고 미래를 알려줘도 될 만큼 신통하다는 뜻이다. 과거에 한국에서는 주로 신내림을 받은 사람들만 점집을 열었지만 요즘은 신내림을 받지 않았더라도 사주 명리학이나 타로카드를 공부한 사람들이 카페를 열어 점을 봐주는 등 다양한 방법으로 사람들의 운명을 이야기하고 있다.

그들 모두 복잡다단한 현대인들의 삶과 불안한 심리를 꿰뚫어 인생 상담과 미래 컨설팅을 해주는 프로 심리상담가의 역할을 하고 있는 것이다. 첨단과학의 발전이 눈부신 시대에 지극히 인간적으로 느껴진다.

길을 걷다 보면

남기고 나누고 간직해야 할 생각들과

잊고 버리고 포기해야 할 생각들이

하나하나 정리되는 시간을 만난다.

그래서 나는 조금 멀리 걷는다.

살아가는
풍경과 무늬

누쿠스 사람들은 무엇이든 안 되는 게 없고, 어떤 것이
든 가능하지 않은 게 없다고 말한다. 그럼에도 불구하고 외
국인에겐 늘 애매모호한 것이 가격을 흥정하는 문제다. 가
격표를 붙여놓고 정찰제로 판매하는 마트에서는 물건이 싸
든 비싸든 정해진 대로 값을 치르면 되니 마음이 편하다. 하
지만 그렇지 않은 곳에서는 항상 사전에 가격을 확인해야지
나중에 낭패를 맛보지 않는다.

사전에 가격을 묻지 않고 얼마쯤 되겠지, 대충 예상했다
가는 계산할 때 어김없이 당혹스러운 일이 발생한다. '앗!
이건 아닌데…… 하지만 어쩔 수 없지.'라고 체념하며 비싼
대가를 치르는 것이다. 그럴 때마다 언성을 높이고 멱살잡
이로 이어져도 상관없다고 여기지 않는 한, 달라는 대로 주
고 얼른 그곳을 벗어나야 그나마 속이 덜 상한다.

연말을 앞둔 일요일이었다. 나름대로 한 해를 정리하고 새로운 해를 맞이하는 의식을 치르고자 긴 머리를 자르고 싶어졌다. 너무 길어버린 뒷머리는 약간 자르고 무성한 옆머리는 다시 파마를 해서 깔끔하게 다듬는 게 내 계획이었다.

여기 온 지 3개월쯤 돼서 같은 스타일로 한 번 다듬은 적이 있는 미용실로 갔다. 원장은 나를 기억해주었다. 당시 미용실을 소개한 현지인 선생은 다 끝나면 8만 숨을 내라고 일러주고 갔다. 하지만 그날 나는 10만 숨을 지불해야 했다. 2만 숨을 돌려주지 않았는데 말다툼하기가 싫어서 그냥 팁으로 생각하고 말았다. 그때 그렇게 했으니 오늘도 당연히 10만 숨쯤 되겠지 하고는 가격 흥정을 하지 않고 머리를 맡겼다.

그런데 이게 웬걸, 다 마치고 계산을 하려니 15만 숨을 내란다. 지난번에 10만 숨을 내지 않았느냐고 말하니 그 사이에 가격이 올랐다고 한다. 아무리 올라도 그렇지 한번에 50퍼센트가 오를 수 있느냐고 따져 물었으나 막무가내였다. 내가 거기서 물러서지 않고 끝까지 우기면 얼마라도 깎아줄지 모른다.

하지만 누쿠스 유일의 국립대에서 학생들을 가르치는 사람으로서 체면을 생각하지 않을 수 없었고, 한국인으로서 낯선 해외에서 생활할 때 항상 모범이 되고 싶다는 마음을 기억해냈다. 나는 언성을 높여가며 싸우고 싶지 않았다. 다음부터 그 집에 가지 않으면 된다 생각하고 15만 숨을 꺼내주며 "됐어"라고 말했다. 이런 일 또한 살아가는 풍경이자 하나의 무늬다.

먼 길을
걸어보지 않은 사람에게

사람들은 묻는다. 왜 실크로드를 걷느냐고. 왜 제주 올레 길을 걷느냐고. 왜 산티아고 순례길을 걷느냐고. 왜 동해안 해파랑길을 걷느냐고. 먼 길을 걸어보지 않은 사람에게 무슨 말을 해야 공감을 얻을 수 있을까?

길을 걷다보면 자연히 풍경과 사람을 만난다. 그리고 풍경과 사람 사이에 펼쳐지는 사유의 들판을 지나게 된다. 어떤 것은 알곡으로 출렁거려 거둬야 하고, 어떤 것은 쭉정이만 남아 버려야 한다. 길을 걷다보면 남기고 나누고 간직해야 할 생각들과 잊고 버리고 포기해야 할 생각들이 하나하나 정리되는 시간을 만난다. 그래서 나는 조금 멀리 걷는다.

고맙고 따뜻한 일을
오래 기억하려 한다

겨울로 접어들면서 누쿠스는 흐리고 음울한 날이 더 많다. 구름이 가득한 날은 바람이 더 세게 불고 기온도 더 내려간다. 거리를 오고가는 사람들이 눈에 띄게 줄어든다. 학교 가는 길목도 유난히 한산해진다. 이런 날은 나도 더 천천히 걷는다.

길지 않은 거리를 걸어갈 때도 머릿속에서는 수많은 생각들이 명멸한다. 어떤 것은 금방 사라지고 어떤 것은 오래 남아 꼬리에 꼬리를 물고 이어진다. 삶은 언제나 버려야 할 생각들이 더 많다. 오래 기억해야 할 것은 몇 개 되지 않는다. 기억해야 할 일 중에는 메모가 필요한 일도 있다. 이제부턴 고맙고 따뜻한 일을 오래 기억하려 한다. 고맙고 따뜻한 일을 먼저 남기고 그 후에 남길 기억을 선택하려고 한다.

차마고도
여행

아내와 나는 위험하고 낯선 오지 여행을 즐겼다. 차마고도 여행도 그중 하나다. 퇴직을 몇 해 앞둔 2012년 여름이었다. 6월 21일부터 11일간 다녀온 차마고도 여행은 도착한 순간부터 난항의 연속이었다. 우리는 차마고도 여행의 새로운 루트를 개발하여 테스트 겸 그 길로 가는 여행팀에 합류했다. 특히 옌징에서 망캉까지의 구간은 티베트와의 내부 문제로 외국인의 출입이 금지된 곳이지만 특별 승인을 받아 코스에 포함되었다.

차마고도 여행은 중국 남서부 윈난성의 리장, 메리설산, 옌징, 망캉, 모야대초원, 야딩, 샹그릴라 대협곡 등을 거친다. 전체 코스가 모두 해발고도 3,000~5,000미터를 오가는 여정이다.

비행기에서 내려 세 시간 만에 해발 3,200미터까지 올라

갔다. 곧바로 몸에 이상증세가 나타났다. 고산병을 말로만 들었지 내가 실제로 경험하게 되리라고는 전혀 예상하지 못했다. 구토와 복통과 어지럼증이 계속되었다. 이대로 죽는구나 싶었다.

나는 일정에 합류하지 못하고 이틀 반을 누워서 지냈다. 돌아가면 다시는 오지 여행을 떠나지 않겠다고 다짐했다. 빈속에 약만 계속 먹어서 어지러웠다. 가져간 튜브형 고추장에 밥을 비벼 먹은 후에야 간신히 몸을 추스르고 일어날 수 있었다.

일행과 합류했으나 여행길은 여전히 순탄하지 못했다. 바윗덩이가 굴러 내려와 도로를 막는가 하면, 타고 가던 지프차의 바퀴에 펑크가 나서 반나절을 그대로 도로 위에서 보내기도 했다. 설산과 협곡이 이어졌다. 어떤 도로는 돌산과 천 길 벼랑 사이로 이어져서 눈앞이 아득했다.

오지 여행은 한 치 앞을 내다볼 수 없다. 예측불허다. 어쩌면 우리의 삶도 이와 다르지 않으리라. 그러나 눈 앞에 펼쳐지는 풍광은 장엄했다. 광대한 자연 앞에서 인간은 한없이 겸손해진다. 목숨 걸고 하는 오지 여행은 바로 이 겸손을 체험하게 한다. 여행에서 돌아온 아내는 전처럼 봉사활동을 열심히 했다.

내 몸에는
뿌리가 없어서

구름은 생성과 소멸의 전형이다. 누쿠스는 맑은 하늘이 열흘이라면 흐린 날씨는 하루뿐이다. 그래서 흐린 날은 감정의 유로가 더욱 소용돌이친다.

모처럼 누쿠스의 하늘에 구름이 나타난 날, 베르나르 올리비에의 《나는 걷는다》를 읽는다. 페이지를 넘기다 말고 문득 뿌리에 대해 생각한다. 나무는 뿌리가 있어서 한곳에 오래 머물 수 있다. 삶의 촉수가 땅속에 깊이 박혀 있다. 어둠을 더듬고 더듬어서 뿌리를 내리는 삶이지만 나무는 자신의 어두운 뿌리를 보여주지 않는다. 하늘을 향해 뻗어나가는 가지 끝에 찬란한 햇빛을 얹어서 늘 밝은 모습만을 보여준다.

밝게 빛나는 얼굴 뒤에 깊은 어둠이 자리하고 있다는 것을 아무도 알아차리지 못해도 나무는 개의치 않는다. 한곳에 뿌리를 내리지 못하고 먼 이국의 땅까지 흘러온 나의 삶을 돌아본다. 하늘의 구름처럼 흘러다니는 내 몸에는 뿌리가 없다. 언젠가 뿌리가 나오다 말고 엉치뼈에 걸려 마냥 그 자리에 있는 것 같다.

시간이 지나면 또 이곳을 떠나야 할 날이 올 것이다. 시장에 가서 생활에 필요한 물건들을 사려고 이것저것 들었다 놨다 하다가 이내 그만두었다. 열흘에 한 번 정도 나타났다가 흔적도 없이 사라지는, 누쿠스의 하늘을 떠도는 구름처럼 나도 여기 머물다가 떠나고 나면 아무런 흔적도 남지 않을 것이다.

먼 옛날,
사막이 바다였던 시절에

청춘 시절의 한때, 사막은 내게 은유였다. 그때 내가 쓴 언어 중에 사막이라는 말이 있었다면 그것은 틀림없이 은유의 표현이었을 것이다. 그때 내가 써놓은 몇 줄 글 속에 사막이라는 단어가 들어 있었다면 그것은 문장의 맥락상 은유의 의미를 담고 있었을 것이다. 사막이 주는 어감은 독특하다. 그 말은 신비로운 아름다움을 품고 있다. 청년이었던 내가 사막이라는 단어를 사용했다면 언어의 유희에 그쳤을 가능성이 농후하다.

그래서 글쓴이가 몸으로 직접 경험하거나 오감으로 체험하지 않은 모든 은유는 불안하고 불완전하다. 언제 어디에서 무슨 주제로 글을 쓰더라도 결코 부끄럽지 않은 글을 써야 하는데 나는 글을 쓸 때마다 한 단어, 한 문장이 부끄러움의 연속이다.

사막을 구체적인 현실의 장소로, 오감을 통해 인식한 풍경의 하나로, 상상의 영역에서 실재의 세계로 처음 본 것은 방천의 사구에 갔을 때였다. 방천은 북한, 중국, 러시아 삼국의 국경이 맞닿은 곳이다. 사구에 올라가면 러시아에서 북한으로 연결되는 두만강 철교가 한눈에 내려다보인다. 강하게 부는 바람이 사구의 면적을 계속해서 넓히고 있다. 방천에서 중국과 러시아의 국경선은 긴 철조망으로 만들어져 있다.

나는 모래언덕 위 허름한 정자에 앉아 사막의 풍경을 한눈 가득 담으며 이런저런 생각을 했다. 방천의 사구는 규모가 작지만 태어나서 처음으로 사막을 체험할 수 있었던 곳이다.

내가 사막이라는 이름에 걸맞은 사막다운 사막을 본 것은 고비사막 외곽에 있는 텅거리사막에 갔을 때였다. 해 질 녘 사막은 마구 불타고 있었다. 사막에 대한 새로운 인식이 탄생하는 순간이었다.

바람이 불 때 사막은 수시로 모양이 변했다. 지프차가 아무데나 마구 달려도 시원하게 뻗어나갈 수 있는 곳인 줄 알았지만 바람의 결에 따라 지프차가 갈 수 있는 길이 따로 있다는 것을 처음 알았다. 바람이 불 때 모래언덕의 한쪽 면이 허물어지고 다른 한쪽 면은 단단해지는 것이다. 그것을 잘

못 판단하면 여지없이 지프차 바퀴가 모래에 묻혀버리고 다시 빠져나오려면 다른 지프차의 도움이 필요했다.

사막의 오아시스도 그때 처음 만났다. 모래 사이로 물이 빠져나가는 줄 알았는데 어떤 모래는 물을 품고 있었다. 모두 사막에 직접 가서 온몸으로 사막을 느끼며 알게 된 사실이다.

이론으로 배워서 아는 것과 직접 체험한 후 아는 것 사이에는 간극이 컸다. 타클라마칸사막을 보고 나서 나는 비로소 내가 상상해왔던 사막과 눈앞에 펼쳐진 실재의 사막을 동일한 감각으로 느끼는 경험을 했다. 상상과 현실이 짜임새를 갖추고 훌륭하게 교차하면서 사막에 대한 내 인식의 지평이 넓어졌다. 사막을 은유하는 내 언어의 감각도 이전보다 훨씬 더 절실해졌다.

사막에서 3,000년을 견뎌낸 붉은 머리 여인의 미라를 박물관에서 보았을 때 사막은 불에 데워지고 있었다. 박물관 문을 열고 밖으로 나오니 바로 앞에 화염산이 있었다. 불에 탈 것이라고는 아무것도 없는 산이 고온에 강렬한 열기를 내뿜었다.

햇빛에 살갗을 노출하면 바로 화상을 입는 곳이었다. 그런 곳에서 삶을 이어오는 사람들을 보며 생존을 위한 인류의 지혜는 무궁무진하고 위대하다는 것을 새삼 깨달았다.

사막여행은 고통의 체험인 만큼

황홀한 아름다움을 남기는 여행이다.

북극성으로 떠난 아내는 돌아오지 않고,

나는 이제 더 이상 혼자

사막에 가지 않으려고 한다.

어떤 환경에서도 해결의 실마리를 찾아 적응하는 삶을 통해 지구상에서 살기 좋은 땅과 그렇지 않은 땅을 구분하는 게 무의미하다는 생각이 들었다.

누쿠스는 광활한 사막지대의 중심에 형성된 도시다. 이곳의 사막은 텅거리사막이나 타클라마칸사막과는 또 다르다. 누쿠스의 사막은 거대한 사구가 형성되어 사막으로 변한 곳이 아니다. 지평선이 보이지 않는 광대무변한 평지의 사막으로 모래 대신 마른 흙이 가득하다.

먼 옛날 어떤 시기에 이곳은 바다였을지도 모른다. 누쿠스의 사막이 한때 바다였을 거라고 추정되는 증거들이 차고 넘친다. 최근까지 바다였다가 사막이 되어버린 아랄해만 보아도 그렇게 생각하는 것이 무리가 아니다. 아랄해의 물이 빠져나간 도시 무이낙은 지리상 누쿠스와 매우 가깝다.

나는 지금 사막의 도시 누쿠스에 있다. 사막은 이제 비로소 내게 얼마든지 은유가 가능한 단어로 돌아왔다.

강변의 새들은
적막을 줍는다

일요일 오후의 강변은 여러 가지 소리들이 각각 자기의 음역에서 높낮이를 조절한다. 어떤 소리는 너무 높아서 멀리 날아가 금세 보이지 않고, 어떤 소리는 너무 낮아서 내 발 앞에 머문다. 높은 소리는 바람을 따라가며 흔적을 남기지만 낮은 소리는 나와 걸음을 맞추며 내 말의 어원을 찾아 준다. 높은 소리든 낮은 소리든 각자 태어난 자리에서 벗어나지 않으려 애쓰기도 하고 잠시 비상을 꿈꾸기도 한다.

모스크 사원의 옥색 지붕 위로 맑은 햇볕이 지나갈 때 푸른 하늘과 아라베스크 문양이 부딪쳐 내는 소리가 반짝인다. 이맘의 기도 소리가 사위로 퍼져 나가고 푸른 하늘에 그 소리의 꼬리들이 길게 이어진다. 모스크 앞을 걸어가는 사람들의 마음 안에 마지막 소리의 여음이 자리 잡는다. 그 여음으로 충만한 강변에선 다른 모든 소리들이 잠시 들숨을

들이켰다가 사라지는 소리의 꼬리를 따라가며 날숨을 뱉어
낸다.

기도 소리가 울려 퍼질 때 강변의 새들은 적막을 줍는다.
두 발을 땅에 딛고 서 있거나 날개를 퍼덕이며 날아오르는
새들의 몸짓은 적막 안에 머물고 있다. 강변의 새들은 몸이
가벼워서 살아가는 방법이 복잡하지 않다. 기도 소리가 멈
출 때를 기다려 강 건너편에서 이편으로 날아오거나 이쪽에
서 저쪽으로 날아가기를 반복할 뿐, 오고갈 때 복잡한 계산
서를 깃에 품고 날지 않는다.

강변의 새들은 슬기로워서 시간을 안고 흐르는 물의 속
도를 애써 따라잡지 않는다. 강물이 소리 내지 않고 빠르게
흘러가더라도 멀어지는 모습을 가만히 지켜볼 뿐이다.

사원을 통과하는 햇볕은 기도 소리의 파장이 옅어질 때
까지 잠시 숨을 멈추고 움직이지 않는다. 일요일 오후의 강
변에는 밀어가 적힌 쪽지를 주고받는 청춘들이 있다. 초겨
울의 냉기를 다정한 온기로 바꾸는 그들 덕분에 강변의 벤
치는 하루 종일 따뜻하다. 이럴 때 서로 주고받는 소리들은
밖으로 새어 나오지 않고 서로의 가슴 안에 머문다.

모스크의 옥색 지붕에 걸터앉아 있던 해가 푸른 하늘로
사라지면서 소리를 낸다. 햇볕이 떠나가며 내는 소리가 이
맘의 기도로 길게 이어진다. 둘의 눈으로 한 방향을 바라보

는 청춘은 아름답다. 물비늘이 반짝이는 일요일 오후, 강변
은 고요한 소리들로 분주하다.

당신이
바람이라면

언젠가 어머니의 생신 즈음이었다. 여동생 부부와 우리 부부는 어머니를 모시고 집을 나섰다. 호미곶을 한 바퀴 돌고 영덕에 가서 게를 먹자고 했다. 우리 부부는 어머니를 옆에서 돌보고 있는 여동생 부부에게 항상 미안한 마음을 갖고 있었다. 평소 어머니는 바깥나들이를 좋아하지 않았는데 그날은 순순히 길을 따라나섰다.

아내는 가는 길, 오는 길에 어머니를 참 살갑게 대했다. 말을 다정하게 붙이고 손을 잡아주었다. 어머니를 따스하게 안고 가는 곳마다 같이 사진을 찍자고 했다. 그때 찍은 사진을 보면 지금도 마음이 뭉클해진다.

해파랑길을 걷자고 나선 길에 그때 우리가 함께 돌았던 태화강이 보였다. 호미곶에 갔다가 하늘빛 바다가 바로 뒤에서 넘실대는 간절곶에 도착하자 아내 생각이 간절했다.

정말 보고 싶었다. 태화강 십리대숲길 벤치에서 반나절을 멍하니 앉아 아내 생각에 골똘했다.

바람에 댓잎 서걱대는 소리에 목이 메었다. 한 걸음 걷다 가 멈추고 두 걸음 걷다가 아내가 그리워서 다시 걸음을 멈 췄다. 대숲에서 그대로 잠적해버리고 싶었다. 몸이 증발해 버리면 댓잎 끝에서 바람에 흐느끼고 있을 것이라는 생각이 들었다. 그때 아내가 바람이었다면 내 몸을 어루만지고 갔 을 것이다.

사랑은 내가
주어가 아니라는 것을 알려준다

요즘은 딱 걷기 좋은 날씨다. 집에서 학교까지 가장 긴 코스를 선택하여 걷는다. 대략 한 시간쯤 걸리는 코스다. 조금 서둘러 출발하면 여유롭게 걸으며 주변을 찬찬히 둘러볼 수 있다. 도심에서 약간 벗어난 외곽이긴 하지만 별로 크지 않은 도시여서 큰 차이도 없고 오히려 번잡하지 않아서 좋다. 나뭇잎 색깔이 물들어가는 것을 느끼면서 걷기에 안성맞춤인 코스다.

나이가 들면 잎이 바래듯이 비우고 버리고 비켜줄 줄 알아야 한다는 것을 나뭇잎은 몸소 보여준다. 어쩔 수 없는 이치라 하더라도 마음 한편에는 허전함과 쓸쓸함이 자리 잡는다. 버릴 것 다 버리고 난 후에 오로지 뼈만 남을 것 같은 누쿠스의 겨울 풍경이 두렵다.

푸른 나뭇잎이 점점 누르스름한 색으로 물들기 시작한

다. 물든다는 것, 물들어 자신을 버릴 수 있다는 것은 단지 자연의 순리에 불과한 것일까? 손승연의 노래 '물들어'는 애절한 사랑을 이야기한다.

"나에게 너의 손이 닿은 후 나는 점점 물들어, 너의 색으로 너의 익숙함으로 나를 모두 버리고 물들어…"

나를 모두 버리고 너에게 물든다는 것. 사랑은 내가 주어가 아니라는 것을 알려준다. 사랑하는 사람과 같은 색으로 물드는 것이 그 사람 안에 머무는 진정한 사랑이라는 것을 알려준다.

나의 이기적이고
뻔뻔한 삶을 돌아본다

여긴 어디고 나는 누구인가를 생각한다. 무엇을 꿈꾸며 지금껏 살아왔는지, 앞으로 무엇을 바라며 살아갈 것인지 생각하면 그저 아득하다. 돌이켜보면 나는 참 이기적으로 살아왔다. 내 몸의 안위를 제일 먼저 생각하고 내 앞일을 최우선으로 여겼다. 내 돈벌이에만 급급하며 살았고, 내 주머니 채우는 데만 눈을 돌리며 살았다.

가족과 친척들, 가까운 사람들을 위해서 그동안 무엇을 했나 돌아보면 아무것도 한 일이 없다. 부끄럽다. 나를 도와주고 항상 내 편이 되어 응원해준 소중한 친구들을 위해서 무엇을 했나 생각해본다. 역시 그들을 위해서 아무 일도 하지 않았다. 참 뻔뻔한 삶이었다.

사회와 국가를 위해서 불의에 항거하여 소리 한번 질러본 적 없고 돌맹이 한번 던져본 일이 없다. 참으로 이기적이고 편안하게만 살아온 나를 들여다본다. 여긴 어디인가? 나는 무엇을 하기 위해 이 먼 곳까지 와서 내 안의 온갖 부끄러움을 들춰내려고 하는가?

인도는 물론 차도도 텅 비어 고요한 시간에 산책을 한다. 길은 군데군데 파이고 깨진 곳이 많다. 한눈을 팔고 걷다간 발목을 삐끗할 수 있다. 똑바로 보고 천천히 걸어야 한다. 그렇게 걷는 모습이 지금까지 내가 살아온 삶을 닮아 있어서 입맛이 쓰다.

직장생활 30년 하고도 몇 년 더한 세월 동안 단 한 번도 옆길로 새본 적이 없다. 사람들은 한 직장에서 오래 근무한 것이 대단하다며 나를 추켜세우지만 모든 일은 동전의 양면처럼 명암이 있는 법이다. 내 의지가 반영된 나 자신의 삶을 위하여 걷어차고 뛰어나오는 용기와 결단력도 없었고, 다른 세상을 보기 위해 뛰어드는 모험심과 배포도 없었다. 그저 직장에 충실한 것이 인생의 전부인 양 살았다. 그러니 맵고 짜고 쓴 인생의 다양한 맛을 제대로 깨달았을 리 없다. 그저 안전하게, 그저 편하게만 살아오려고 애썼다.

여기 와서 나의 이기적이고 뻔뻔한 삶을 돌아보다가 이젠 그것들을 모두 저 황량한 시장 한 귀퉁이에 버리면 좋겠다는 생각을 한다. 그런데 그게 어디 마음먹은 대로 되는 일이던가. 다만 혼자 있을 때 인생을 숙고하는 시간을 가지며

천분의 일, 만분의 일만이라도 삶을 고백해보는 것이다. 피아노로 연주하는 녹턴이 아직도 낮게 흐르고 있다.

인생의 길에도
이정표가 있다면

인생을 살 때도 방향감각이 중요하다. 길을 잘못 들어 정작 가야 할 길을 가지 못하고 한번 엉키기 시작하면 그때부터 뒤죽박죽이 되고 갈팡질팡하기 쉽다. 어디로 가야 할지 알 수 없을 때 인생의 길에도 이정표가 있다면 얼마나 좋을까.

이리 갈지 저리 갈지 판단과 선택은 자신이 하더라도 그 길로 가면 뭐가 나오고 어떻게 된다는 안내판이 있으면 좋겠다. 그러면 실수나 시행착오를 반복하지 않을 것이다. 중심 좌표로 삼을 만한 사람이 있다면 그를 보고 따라가는 것도 좋은 방법이다. 나는 소위 말하는 길치다. 방향감각을 기르고 싶어 별생각을 다 하지만 살아가는 데 정답이 어디 있겠는가? 그냥 가보는 거지!

자연치유의
기적

우리 몸은 정말 신비로운 구석이 많다. 퇴직하기 전까지 나는 10여 년 동안 어깨 결림과 통증에 시달렸다. 정형외과에 가봐도 특별한 진단이 나오지 않았고, 한의원에 가서 침을 맞고 약을 먹어도 별 효험이 없었다. 그러던 것이 퇴직하고 나서 얼마나 지났는지 의식하지 못하고 있던 어느 날, 문득 더 이상 어깨 결림과 통증이 없다는 사실을 깨달았다.

통증이 언제부터 사라졌는지 알지 못한다. 그냥 저절로 자연치유가 되어버렸다. 분명히 퇴직 전까지는 통증에 시달렸는데 퇴직한 이후 사라졌다면 그 이유는 무엇일까? 퇴사하고 나서는 병원에 간 적도 없고 따로 약을 먹은 일도 없다. 재직 중에 나를 짓누르던 극심한 스트레스가 퇴직 이후 감쪽같이 사라져버린 것처럼 신체 증상인 어깨 결림과 통증 또한 의식하지 못하는 사이에 스르르 없어져버린 것이다.

신기한 일이다.

이러한 몸의 현상이 신비롭지 않을 수 없다. 자연치유를 경험한 사람은 나 말고도 수없이 많다. 아토피로 고생하던 아이들이 시골로 이사한 후 병이 씻은 듯이 나았다고 말하는 경우나 관련 수기를 어렵지 않게 접할 수 있다. 도시에서는 몇 년에 걸쳐 병원에 다니고 약을 먹어도 전혀 차도가 없던 아이들이 시골에서는 따로 치료를 받지 않았는데도 자연에서 뛰놀며 건강을 되찾은 것이다.

스트레스는 마음의 문제고 아토피는 오염된 도시 환경의 문제일 수 있지만 이처럼 삶을 둘러싼 환경이나 조건을 조금만 바꿔줘도 문제를 푸는 실마리를 찾을 수 있다. 모든 문제가 다 그렇다고 할 수는 없겠지만 등에 한가득 지고 있던 마음의 짐을 내려놓았을 때 고질적으로 시달리던 신체 어느 구석의 통증이 자신도 모르게 사라지는 마법을 경험할 수 있다. 골머리를 앓았던 문제가 완벽하게 해결되는 것이다.

오래전 베트남 하노이에서 잠깐 살았을 때의 기억이 떠오른다. 거리에서 파는 냉차를 마신 것이 화근이었던지 급성 장염이 찾아왔다. 기후와 생활환경이 바뀌고 마시는 물과 음식이 갑작스럽게 달라지면 장염에 걸리기 쉽다고 한다. 나는 극심한 복통에 시달렸다. 방구석을 기어 다니다시피 하며 식은땀을 흘렸다.

그때 갑자기 엉뚱하게도 무좀약이 떠올랐다. 복통에 웬 무좀약이냐 하겠지만 장염이나 무좀이나 항생제를 복용할 수밖에 없고, 무좀약도 일종의 항생제이기 때문에 통증을 완화해줄 거라고 생각한 것이다. 조금이라도 아픔을 가라앉히기 위해 일단 무좀약을 먹었다. 걱정 반 의심 반이었는데 놀랍게도 무좀약은 정말 효과가 있었다. 무좀약을 먹은 후 복통이 사라졌고 나는 그날 밤을 잘 견딜 수 있었다.

무좀은 40여 년 동안 끈질지게 나를 따라다니며 괴롭혔다. 고질적인 질환이었지만 병이라고 말하기도 애매한 것이 비가 오거나 습도가 높은 날이면 정말 못 견디게 괴로웠다. 병원에 가거나 약을 먹어도 그때뿐이고 시간이 지나면 다시 도지기를 반복했다. 심한 날은 발가락에 피가 나도록 긁어 대기도 하고 잠을 한숨도 못 자는 날도 많았다. 내 몸은 도대체 어떤 체질이기에 무좀이 그렇게도 오랫동안 나를 따라다니며 괴롭힌 걸까?

오늘 문득 약상자에 든 약들을 살펴보다가 깜짝 놀라고 말았다. 지난해 7월 초 우즈베키스탄에 온 이후로는 더 이상 무좀에 시달리지 않고 잘 살고 있었다는 사실을 깨달은 것이다. 거의 반세기를 함께한 무좀이 이제 내 몸에 없다는 사실이 신기할 따름이었다.

이곳의 건조한 날씨와 기온이 내 몸에 붙어살던 무좀균

을 박멸해버린 것이 틀림없다. 환경을 바꿔주니 어깨 결림이 사라진 일처럼 자연치유가 된 것이다. 인생을 살면서 자연치유의 기적을 두 번이나 경험하기란 쉽지 않은데 그런 면에서 나는 참 복 받은 사람이다. 건조한 날들이여, 고맙구나!

두려움은 극복하는 것이고
설렘은 껴안는 것이다

새로 난 길은 좀처럼 없어지지 않는다. 그 길은 어느덧 익숙한 길이 되고 사람들은 다시 새 길을 낸다. 새로 난 길과 원래 있던 길은 서로 만나기도 하고 갈라지기도 한다. 사람들은 새 길도 원래 있던 길로 알고 다닌다. 익숙한 길은 편하되 흥미롭지 않다. 사람들은 늘 신선한 길을 찾는다.

길은 다 다르다. 더듬어 가는 길이 있고 한참 가다가 돌아보는 길이 있다. 누구나 자주 다닌 길에는 많은 추억이 깃들어 있다. 숨겨놓은 추억을 꺼내는 길에는 수시로 자욱한 안개가 낀다. 안개는 산자락을 휘감아 돌다가 산 위로 몸을 감춘다.

잠시 머무는 길에 원경으로 잡히는 풍경도 추억이 된다. 몇 장의 추억들이 산을 내려와 옆에 있는 사람과 속삭이듯 정답게 걷는다. 혼자 걷는 길에서는 갑자기 쏟아지는 소나기가 말벗이 되기도 한다.

나는 가보지 않은 길에 대한 동경이 크다. 한편으로는 두려우면서도 삶의 경이를 발견할 수 있다는 가능성에 더 무게를 둔다. 왜 위험을 자초하느냐는 비난을 받으면서도 새로운 길을 찾아 나서는 것은 현실에 안주하지 않고 새로움을 발견하고 싶은 욕구 때문이다.

새로운 길은 두려움과 설렘이 공존한다. 두려움은 극복하는 것이고 설렘은 껴안는 것이다. 낯선 길은 두려움보다 설렘이 더 크다. 대도무문大道無門! 진리에 이르는 데에는 정해진 길이 따로 있지 않다는 말이다. 사람으로서 마땅한 도리를 지키며 걷는 길에는 거칠 것이 없다. 말은 그럴듯하지만 실천하기는 어려운 일이다.

혼자 걸으며 생각한다. 사람으로서 마땅히 지켜야 할 도리란 무엇인가? 내가 생각한 도리가 과연 만고불변의 진리일까? 만약 그것이 정말로 진리라면 반드시 지켜야만 하는 것일까? 혼자 걷는 길에서는 생각이 꼬리에 꼬리를 문다. 대답하는 이는 없고 날이 저문다. 그렇게 시간이 흐른다. 둔하고 어리석은 날들이 또 지나간다.

나는 누구의
징검다리가 될 수 있을까

어린 시절 시골에서 자란 사람은 크고 작은 하천이나 개울에 놓인 징검다리를 건너본 경험이 있을 것이다. 배를 띄우거나 다리를 놓기에는 과한 곳, 깊지도 않고 얕지도 않은 애매한 하천에는 납작하고 큰 돌들로 만든 징검다리가 있다. 이쪽에서 저쪽으로 건너가기 쉽게 하는 것이 징검다리의 역할이다.

징검다리를 건너다보면 흔들리는 돌을 밟을 때가 있다. 그러면 몸은 균형을 잃고 물에 빠져 옷을 적시고야 만다. 얕은 물에서 허우적거려본 경험은 아름다운 추억이 된다.

징검다리를 건너다 중간쯤에서 들여다보는 개천의 물은 티 없이 맑다. 그런 날은 홀린 듯이 물속을 들여다본다. 그때 나는 물이 흐르는 것이 아니라 돌덩이가 움직이고 있다는 착각을 한다. 맑은 날은 때때로 개울에 빠져 있는 하늘의 모습에 넋이 나간다.

도심을 흐르는 물가에 놓인 징검다리는 낭만적이다. 청계천이나 홍제천에 놓여 있는 징검다리가 그렇다. 그 낭만을 제대로 느끼려면 계절은 가을이 좋다. 해가 저물어가는 초저녁, 빌딩 층층마다 전깃불이 하나둘 켜질 때 천변을 걸어가다가 문득 눈앞에 보이는 징검다리를 한번 건너보기 바란다.

징검다리를 건널 때는 한번에 거침없이 건너지 말아야 한다. 돌 하나를 건너고 멈춰 서서 앞뒤와 좌우를 살펴보고 또 하나를 건넌 뒤에 멀리서 오는 사람, 가까이에 있는 사람을 한번 바라보면 더 좋다. 징검다리 위에 서서 흐르는 물소리를 들어보고 물에 섞여서 무엇이 흘러가는지 관찰하는 시간을 갖는다면 금상첨화다.

지금까지 살아오면서 주위에 있는 모든 사람이 나의 징검다리가 돼주었다는 생각을 많이 한다. 가족과 친지, 친구와 동료, 선배와 후배, 함께 일한 모든 사람이 내가 세월이라는 미지의 강을 건너는 데 징검다리가 되어 한 걸음 한 걸음 나아가게 해줬다.

나는 아직 강을 다 건너지 않았다. 그들은 지금도 내가 위험에 빠지지 않도록 내딛는 걸음마다 세심하게 도와준다. 절망에 빠져 허우적거리지 않게 편평한 등을 내주고, 손을 잡을 수 있도록 마음을 나눠주고, 밥을 먹을 수 있도록 힘을 보태준다.

인간은 홀로 살아갈 수 없는 존재라는 걸 절감한다. 관계를 맺고 있는 사람들의 도움이 없었다면 어떻게 내가 그 많고 많은 시간을 버틸 수 있었겠는가. 몸으로 마음으로 살점을 저며주며 시간의 강을 건너게 해준 나의 징검다리들이 진심으로 고맙다.

이제 나는 누구의 징검다리가 될 수 있을까? 누가, 내가 내민 손을 잡고 시간의 강을 건널 수 있을까? 누가 나의 등을 밟고 절망의 강을 건너게 될까? 누군가가 실패와 낙담을 한 아름 안은 채 천변을 거닐 때 내가 곁으로 가서 그의 징검다리가 되어 실패와 낙담의 강을 건너게 할 수 있을까?

사람의 일이란 한 치 앞을 내다볼 수 없어서 누군가가 힘들고 지칠 때 서로서로 징검다리가 되어주면 좋겠다. 내 손과 등이 흔들리지 않는 탄탄한 징검다리가 되어 누구라도 손을 잡고, 누구라도 등을 밟으며 이쪽에서 저쪽으로 무사히 건너갈 수 있으면 좋겠다.

4장

나는 가르치고 배웠다

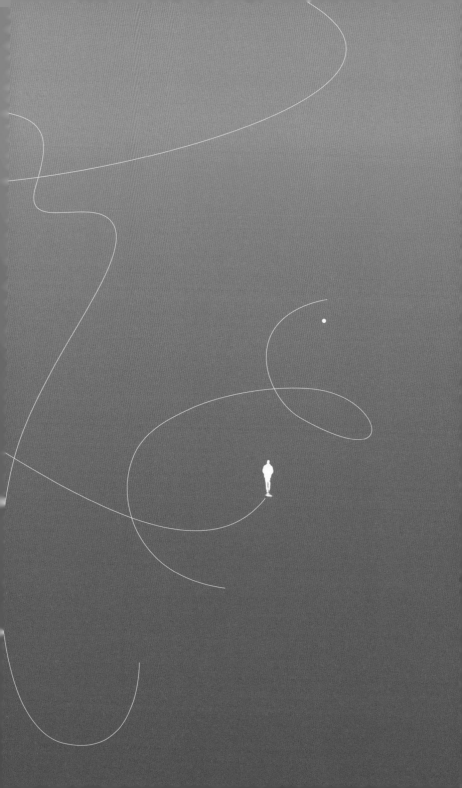

슬픔과 그리움이
녹는 시간

내가 오랫동안 기억하는 말 중 하나가 바로 '아메리칸드림'이다. 이 말은 내 마음 깊은 곳에 맺혀서 틈만 나면 불쑥불쑥 튀어나왔다.

아마 제대한 후부터였을 것이다. 서른을 목전에 둔 20대 후반의 나는 거의 1년 가까이 이 말에 빠져 허우적댔다. '아메리칸드림앓이'를 하며 살았던 기억이 아직도 생생하다. 미국에 가기만 하면, 미국에 갈 수만 있다면 내 인생의 2막이 오르고 화려한 장미꽃밭이 펼쳐질 거라는 근거 없는 상상에 사로잡혀 살았다. 이제 와 돌이켜보면 참으로 얼토당토않은 생각이다. 하지만 청춘의 밤을 뜨거운 고민으로 달구던 가슴에는 수십 년이 지난 지금까지도 꿈꾸던 시절의 온기가 남아 아릿하다.

오늘 한국어 수업에 들어온 영어과 3학년 학생 서른 명에게 왜 한국어를 배우냐고 물어보았다. 내 딴에는 각자 나름대로 한국어 공부에 얼마나 흥미를 갖고 있는지 알아보기 위함이었다. 영어과 학생들이라 유학을 가더라도 당연히 미국, 캐나다 같은 북미나 영국에 매력을 느끼고 있을 거라고 생각했다.

그러나 학생들의 대답은 의외였다. 정도의 차이는 있지만 서른 명 전원의 답변이 대동소이했고, 한국으로 가서 공부를 더 하고 싶다는 친구들이 가장 많았다. 한국 영화와 한국 드라마, K-Pop 등 한국 문화를 좋아해서, 더 즐기고 싶어서 한국어를 공부하게 되었다고 했다. 한국 회사에 들어가고 싶어서, 한국어를 알면 자신의 가치가 올라가기 때문에, 형편상 한국에 갈 수 없어도 한국어를 배우면 한국에 있는 상상을 할 수 있다 등 내가 예상할 수 없었던 답변까지 들려주었다. 그들은 수십 년 전 아메리칸드림을 꿨던 나처럼 코리안드림을 꾸고 있었다.

학생들을 가르치면서 나는 다시 원래의 나로 돌아와 슬픔과 그리움을 녹인다. 그들이 꾸는 K-드림 앞에서 내 말의 깊이와 행동의 무게를 가늠해본다.

그리움의 끝에서
다시 살아보기로 한 것은

누쿠스에서 뜨거운 여름과 선선한 가을을 보냈다. 몹시도 추웠던 겨울까지 무사히 보내고 이제 봄의 분위기를 느끼려고 한다. 사계절이 한 바퀴 돌았다. 내 생활 리듬도 누쿠스의 기운에 맞춰 돌아가고 있다.

아침에 일어나서 환기를 위해 창문을 열었다. 맑고 신선한 공기가 문틈으로 쏟아져 들어오며 집안을 가득 채워주는 것이 좋다. 도슬릭 강변의 비둘기들이 날아오르는 모습을 보는 것이 좋다. 모스크에서 울리는 기도 소리를 들으며 강변을 걸을 때 내 안으로 젖어드는 그리움이 좋다.

남은 생의 여백을 무엇으로 채울 것인가 고민한 끝에 나는 이 길을 선택했다. 그 생각만 하면 컨디션이 안 좋을 때도, 목을 많이 써서 목소리가 잠길 때도 기쁜 마음으로 힘을 낼 수 있었다. 물설고 낯선 나라에서 견디고 버티게 해준 힘이었다. 북극의 하늘로 총총한 별이 쏟아지거나 달 밝은 밤의 기운이 잠을 멀리 달아나게 했을 때도 내가 감당할 수 있을 만큼만 감당하겠노라 다짐하며 밤의 시간을 견뎌냈다.

북극성 어딘가로부터 바람이 불어와 창문을 흔들 때마다 그리움이 물밀듯이 밀려왔다. 그리움의 끝에서 다시 살아보려 한 것은 누구에게나 주어지는 운명의 시간을 가치 있게 보내려고 결심했기 때문이다.

학생들 앞에 서면 나는 힘이 나고, 말에 생기가 돌고, 에너지가 솟구친다. 시간에 따라 육체가 기울어지는 것을 막을 도리는 없다. 그러나 내가 어떻게 하느냐에 따라 정신이 빛나는 순간을 계속 만들어낼 수 있다. 그 순간 때문에 나는 산다.

시험 없는
인생은 없다

유치원을 다니지 않아 그 시절에 시험을 본 기억은 없다. 학교에 입학한 순간부터 지금까지 수십 년간 다양한 시험을 보고 살았다. 학교를 다니며 중간고사와 기말고사는 당연히 보는 시험으로 여겼고, 그 외에도 쪽지시험을 비롯해 수많은 시험을 보며 살았다.

직장에 들어가면 시험이 없을 줄 알았지만 천만의 말씀! 회사는 회사대로 다사다난한 시험장이었다. 합격, 불합격은 물론이고 통과냐 낙제냐를 따지고, 과락이냐 아니냐로 승진과 연봉이 결정되었다. 회사에서의 시험은 체면과 생계가 동시에 걸려 있어 더 열심히 치러야 했다.

퇴직할 때 이제 드디어 시험 없는 세상에서 살겠다고 생각했다. 그러나 그게 아니었다. 은퇴자를 대상으로 한 시험 대비반이 줄줄이 기다리고 있었다. 마치 시험을 보지 않으면 은퇴 후 생활이 끝장날 것처럼 겁을 줬다. 죽을 때까지 시험 없는 인생은 없다는 듯 어르고 달래며 시험을 준비시켰다.

시험은 우즈베크어로 '임티혼Imtihon'이다. 여기서도 시험은 우리와 다를 게 없다. 인간이 사는 세상은 어딜 가나 비슷하다. 그러나 '임티혼'이라는 우즈베크어의 뿌리를 찾아 들어가면 그 말 속에는 특혜나 특권 또는 특별하다는 의미가 숨어 있다. 시험을 보는 행위 자체가 어떤 혜택이 주어졌음을 의미한다. 과거 우즈베키스탄 사람들의 생각이 놀랍다.

앞으로도 인생에서 몇 번의 시험을 더 치러야 할지 모르겠다. 이젠 시험이 내 삶에 어떤 영향을 미칠 정도로 중요한 건 아니지만, 그래도 시험을 볼 때마다 나도 모르게 약간의 긴장감을 느낄 수 있어서 좋다. 나이와 상관없이 지적 호기심을 가질 수 있어서 좋다. 새로운 세계에 대한 관심을 영역의 제한 없이 누릴 수 있어서 좋다. 시험은 그 자체로 특별하다.

나에게
글쓰기는

글을 쓸 때마다 첫 문장을 쓰는 일이 참 어렵다. 30여 년 동안 길고 짧은 문장을 갈무리하며 살아왔지만 아직도 난 첫 문장 쓰는 일에 어려움을 느낀다. 솔직한 심경을 고백하자면 문학적 재능이 한참 부족해서인 것 같다. 인격 수양과 독서를 통한 지성이 부족한 것도 그 이유라고 생각한다. 글은 내면의 고백이자 살아온 인생의 전부가 동원되어 나오는 결과물이기 때문이다.

하나의 문장은 적절한 표현과 풍부한 상식으로 이루어진다. 지식은 글쓰기의 배경이 되므로 꾸준한 연마가 필요하다. 나는 지금껏 살면서 그것에 몰두해본 적이 있던가 떠올리면 후회와 회의만 앞선다. 그럼에도 다시 노력을 시도하는 것은 글쓰기를 내게 주어진 숙명으로 받아들였기 때문이다. 좋은 시절 다 보내고 이제 와 무슨 소용이 있겠냐만 하는 데까지 최선을 다하는 게 생을 대하는 참된 자세라고 생각한다. 먼 이국까지 와서 새해를 맞는 특별한 소회가 내 마음을 잡아끈다. 가급적 허세를 줄이고 좀 더 뚜렷한 내 실체를 보기 위해 조금이라도 틈이 생기면 내면으로 침잠하려 한다.

새해 첫 주인 요 며칠, 참으로 고요하고 평온하다. 휴대폰 문자알림음 외에 어떤 소음도 없이 방 안에 적막만이 가득하다. 앞쪽 창가에서 팔짱을 끼고 생각에 잠겼다가 뒤쪽 창가로 가 팔짱을 푼다. 닫혀 있던 생각을 연다. 앞뒤 창가를 오가는 그 몇 걸음 안에 내 경험의 통로에 가득 쌓인 삼라와 만상이 나타났다가 사라진다.

혼자 있는 시간이 많아지자 달력에 나타나는 숫자의 이면이 보인다. 어떤 날은 특정 숫자가 더 커 보이고 숫자에 새겨진 의미가 더 많아 보인다. 하루 스물네 시간은 누가 계산하지 않아도 저절로 흐르게 되어 있다.

흘러가는 시간이 쌓여갈수록 후회와 회의가 짙어진다. 그것은 거꾸로 돌릴 수 없는 나이에 대한 안타까움이고, 청춘으로부터 더 멀어져 자꾸 희미해져 가는 기억에 대한 불안이다. 이젠 어쩔 수 없다고, 현실을 인정하자고 수없이 되뇐다. 하지만 그래도 몸과 마음이 따로 노는 물리적 현상 앞에서 잠시 절망한다. 다만 여기에 온 이후로는 그런 마음을 길게 끌고 가지 않으려 한다.

《나는 걷는다》를 쓴 베르나르 올리비에는 나와 비슷한 나이에 실크로드 1만 2,000킬로미터를 걸으며 온갖 고난과 역경을 겪었다. 때로는 생명의 위협을 느끼며 삶의 본질을 탐구했다. 그리고 그것을 기록으로 남겼다. 그 지독한 천착에 비하면 지금 내 경험은 새발의 피에 불과하다.

하루 한 꼭지씩 글을 쓰며 6개월을 보냈다. 글쓰기는 힘들고 낯선 객지 생활을 버티게 해준 동력이었다. 별것도 아닌 일로 감정이 울컥거리거나 속내가 수시로 흔들릴 때마다 나를 지탱해준 방편이었다는 걸 숨기지 않겠다.

앞으로도 여기서 지내는 동안 그와 같은 패턴을 유지할 것이다. 연초에 결심한 것 중 하나다. 여전히 첫 문장 쓰는 일은 어렵다. 별도리가 없다면 그냥 감내할밖에.

그렇게 시간은
흘러간다

돌아보니 줏대를 지키며 사는 일이 참 어려웠다. 돈으로, 체면으로, 명분으로 나를 버리면서 수시로 비굴했다. 그것이 마치 생존 수단이고 삶의 전투에서 승리한 것인 양 스스로를 다독이며 포장했다.

오늘 서쪽 하늘에 번진 붉은 노을을 보면서 좀 더 내 속으로 걸어 들어간다. 산다는 일은 통속적이지도 않지만 황금처럼 찬란하게 빛나는 일만도 아님을 이제 안다. 어둠이 말없이 노을을 꿀꺽 삼키듯 그렇게 시간은 흘러간다. 노을은 노을의 몫이 있고 나는 나의 몫이 있을 뿐이다.

인생이나 노을이나 존재의 순간은 잠깐이다. 그 짧은 순간에 모든 것을 보여주려고 애를 쓰지만, 욕망의 크기를 줄이지 않으면 사실 다 부질없는 짓이라는 걸 노을은 말해준다. 우리 모두 서로에게 주어진 몫만큼 보여주다 떠날 뿐이다.

너무 무겁게 생각할 것 없다. 다 거기서 거기다. 그렇지
않은가?

코리안드림을
꾸는 학생들

직장에 들어가 제법 일이 손에 익어갈 무렵이었다. 나이는 20대에서 30대로 넘어가는 고개에 걸려 있었고 막 가정을 꾸려 가장으로서 책임감이 무거워질 때였다. 그즈음 나는 극심한 갈등을 겪었다. 회사 일에서 손을 떼고 가장의 책임에서도 벗어나 미친 듯이 공부를 더 하고 싶은 욕구가 강렬하게 일어났다.

더도 말고 덜도 말고 유학 가서 딱 10년만 공부에 매달리면 뭔가 일가를 이룰 것 같은 꿈에 부풀었다. 그렇게 해서 불혹의 나이를 맞는다면 후회 없는 인생이 될 것 같았다. 난 우둔하기 그지없는 내 지적 능력을 과신했다. 허영과 환상으로 젊음을 낭비할지 모른다는 두려움도 있었다.

결국 유학은 꿈에 그쳤고 나는 현실에 남았다. 생각해보면 어려움에 도전하는 용기도 부족했고 위험을 감수할 만한 배짱도 없었다. 못다 이룬 유학의 꿈이 내내 삶의 발목을 잡았다. 퇴직을 1년여 앞둔 때였다. 이제 어떻게 살 것인가를 생각하며 이곳저곳을 여행했다. 여행하다 보면 생전 처음 보는 사람들을 만나고, 듣도 보도 못한 새로운 인생 이야기를 들으며 나를 돌아보는 기회를 갖게 된다.

암스테르담에서 출발하여 라인강과 다뉴브강을 따라 유럽의 강변 도시들을 훑으며 부다페스트까지 가는 크루즈 여행을 한 적이 있다. 거기에서 80대 중반의 노부부 여섯 쌍을 만나 일정을 함께했다. 나는 전설 같은 그들의 인생 이야기에 흠뻑 빠져들었다.

그중에는 대한민국 최초의 여성 외교관으로 1957년에 미국 유학을 한 분이 있었다. 또 다른 분은 1959년 이승만 대통령이 지급을 승인한 단돈 100달러를 갖고 여의도비행장에서 미국행 비행기를 탄 유학파였다. 낯선 미국 땅에서 주경야독하며 젊음을 불살랐던 그들의 이야기는 그 자체로 전설이었다.

우즈베키스탄의 대학교는 6월 말에 학기를 마치고 8월에 졸업식을 한다. 9월에 개강하여 새 학기를 시작한다. 4학년 학생들은 졸업 후 진로에 대해 지금 고민이 많은 시기다. 취직할 것인지, 대학원에 진학할 것인지, 아니면 유학을 갈 것인지 결정해야 하는 때다.

한국 유학을 결정한 학생들이 내게 상담을 신청하는 일이 많아졌다. 한국의 대학원 석사과정에 유학하려는 학생들은 부지런하게 움직였다. 나는 학생들과 상담하고 한국 대학원으로 보낼 추천서를 작성해주며 덩달아 바쁜 나날을 보냈다. 학생들은 우즈베키스탄 정부 장학생에 선발되기 위한 서류를 준비하거나 대기업이 운영하는 장학재단 등에 응모하기 위한 서류를 준비한다.

장학생으로 한국에 가서 공부하려는 학생은 많고 선발되는 학생 수는 한정돼 있어서 안타까운 마음이 앞선다. 그렇다고 장학금도 없이 유학을 가기에는 너무 무모한 일이어서 여기저기 장학금 관련 공고가 뜰 때마다 지원 서류를 준비시키며 학생들을 독려하지만 희망고문을 하는 것 같아 마음이 아린다.

한번 유학을 결정한 학생의 마음을 돌리기는 어렵다. 한국 학교가 지방에 있든 산골에 있든 가리지 않고 덤비려고 한다. 유학을 마치고 어떤 분야에서 일하고 싶은지, 한국에 가서 생활은 어떻게 할 것인지 대책을 물어보면 아무런 계획이 없다. 심지어 무슨 공부를 할지 전공 선택조차 하지 않은 경우도 많다. 한국에 가기만 하면 다 해결될 거라고 생각하는 모양이다. 자신들의 네트워크를 통해 귀동냥은 많이 하는 것 같지만 내가 볼 때 구체적인 계획이 서 있지 않아

적잖이 걱정된다. 모든 걸 팽개치고 유학만 가면 다 해결될 것이라 믿었던 20대 후반의 내 모습이 오버랩되면서 쓴웃음이 나온다.

유학 다녀온 사람들은 하나같이 유학은 외롭고 고된 길이라고 말한다. 힘든 유학 생활을 이겨내려면 지칠 줄 모르는 질긴 근성과 노력이 수반되어야 한다. 강한 체력도 필요하다. 두말할 나위 없이 뚜렷한 목표도 있어야 한다.

한국에 사는 한국인은 잘 모르겠지만 우즈베키스탄 학생들에게 한국은 꿈과 이상을 실현하기에 더없이 좋은 나라다. 평소 수업시간에 내가 한국의 실상을 너무 과장한 것은 아닌지 늘 되돌아본다.

떠도는 말을
조심해야 한다

우리가 사는 세상에는 언제나 많은 이야기들이 용광로처럼 부글부글 끓고 있다. 어떤 말은 금세 녹아 없어지고 녹은 말은 다시 새로운 모습으로 만들어진다. 우즈베키스탄의 동부는 산악지대가 많다. 높은 산은 만년설로 뒤덮여 있다. 새로 만들어져 생명을 얻은 말들은 높은 산에 부딪혀 더 단단해진 모습으로 시내를 떠돈다.

떠도는 말을 잘못 잡으면 온몸에 화상을 입을 수 있다. 떠도는 말을 조심해야 한다. 부유물에 호기심을 가져선 안 된다. 그냥 흘러가게 놔둬야 한다. 흘러가다가 더러는 없어지기도 하고 뿔뿔이 흩어진 잔해들은 나뭇가지에 걸려 생명을 잃고 말라갈 것이다. 그때 누군가가 조용히 건져서 버리면 그뿐이다.

우즈베키스탄
요리

우즈베키스탄 요리에 도전했다. 현지인 요리학원 원장님과 요리사 선생님이 내 실습에 함께하기로 했다. 나는 '섬사'와 '라그만'을 만들기로 마음먹었다.

섬사는 우리의 군만두와 비슷하다. 먼저 밀가루 반죽을 한 뒤 반죽을 조금씩 떼어내 손바닥 크기로 펼치고 그 안에 만두소를 넣는다. 그 후 오븐에 구워내면 완성인 간단한 요리다. 밀가루 반죽을 할 줄 알고 만두소를 만드는 과정만 익히면 되는 것이다. 섬사는 찌지 않고 구워서 만들기 때문에 며칠을 보관했다가 먹어도 맛이 변함없다.

라그만은 우즈베키스탄을 비롯한 중앙아시아에서 즐겨 먹는 면 요리다. 먼저 토마토와 양파, 배추, 파프리카, 부추 등 각종 야채를 잘게 다진다. 무, 감자, 당근, 마늘, 셀러리 등을 기호에 따라 넣어도 된다. 큼지막하고 단단한 야채들부터 볶는다.

　재료들이 익으면 토마토와 토마토 페이스트, 물을 넣고 끓여준다. 쇠고기를 얇게 썰어 양념과 함께 섞은 후 맛있게 끓인다. 다른 냄비에 우동 면발 같은 국수를 삶은 후 그릇에 양념과 면을 함께 담아내면 완성이다.

　손으로 직접 만드는 수타면이 라그만의 핵심이다. 면발을 가늘게 해서 양손으로 내려치면 더욱 쫄깃해진다. 완성된 라그만을 먹어보니 마치 맵지 않은 짬뽕 같았다. 지금까지 내가 먹어본 우즈베키스탄 음식 가운데 최고였다. 국물 한 방울 남기지 않고 그 자리에서 한 그릇을 다 먹었더니 요리학원 원장님과 요리사 선생님이 눈을 동그랗게 뜨고 감탄한다.

　퇴직한 지 얼마 지나지 않아 아주 잠깐 요리학원을 다닌 적이 있다. 부드러운 야채를 썰 때와 단단한 뿌리를 썰 때 칼질하는 방법이 각각 다르다는 것을 그때 배웠다. 손가락을 베이지 않으려면 어떻게 해야 되고 기름때를 제거할 때는 뭐가 효과적이라는 것도 그때 알았다.

　그때 배운 요리의 기초를 기억해내서 자신 있게 도전했더니 요리사 선생님이 아주 잘한다고 칭찬을 아끼지 않았다. 아무리 나이가 들어도 칭찬은 사람을 춤추게 한다.

호기심이 많으면
시간이 천천히 흐른다

시간의 흐름을 감지하는 것은 개인마다 편차가 있다. 나이와 세대, 세상을 보고 읽는 감각에 따라 다르다. 같은 1년이라도 나이 많은 사람의 1년과 젊은 사람의 1년은 느낌이 다를 수밖에 없다.

시간의 흐름이 느리냐 빠르냐를 가르는 기준은 호기심에 달려 있다. 다양한 인생의 노정에 호기심이 얼마나 드러나냐에 따라 차이가 난다. 호기심이 많으면 시간이 천천히 흐른다. 반면 호기심이 없으면 시간이 빨리 지나간다. 나이가 들어가는 일은 분명히 세상에 대한 호기심이 줄어드는 것과 관련이 깊다.

사진작가로 왕성하게 활동하는 선배 한 분은 칠순 가까운 나이에도 50대로 보이는 외모와 건강을 유지하고 있다. 그는 늘 후생을 가르치고 새로운 기술을 배우는 데 힘쓴다.

그뿐만 아니라 주변에 봉사하는 삶을 이어가고 있다. 고령임에도 작품의 앵글이 젊고 신선하고 날카로운 이유다.

철없는 사람과
철든 사람

'철'이라는 말은 원래 사계절을 의미한다. 사철 푸른 나무라고 할 때 사철은 사계절을 뜻한다. 철이 들 무렵은 사계절을 인식의 범주에 넣기 시작한 때를 가리킨다. 그러므로 철이 들었다는 말은 살아가는 데 사리분별을 할 줄 안다는 뜻이 포함되어 있다. 지성이나 인격이 성숙해서 누가 간섭하지 않아도 자기 일을 알아서 한다는 의미다.

반면에 나이를 먹을 만큼 먹었는데도 철이 없다고 한다면 사리분별을 못 하고 천방지축 날뛴다는 뜻이다. 매사 어른스럽지 못하고 철부지 아이 같다는 의미가 담겨 있다. 철이 없다는 말은 흔히 하지만 철이 있다는 말은 잘 쓰지 않는다. 산전수전 다 겪은 나이라 해도 철없는 사람이 있고, 세상을 오래 살지 않았어도 철든 사람이 있다.

이런 말을 외국 학생들에게 쉽게 설명하기란 정말 어렵

다. 이럴 때는 나와 학생들을 예로 들어 설명한다. 나는 여러분보다 나이가 많지만 하는 말과 행동이 어리석고 바보스럽다. 반면에 여러분은 나보다 나이가 어리지만 똑똑하고 현명하다. 이것이 철없는 사람과 철든 사람의 차이라고 알려준다. 말을 뱉고 보니 정말 그런 것 같다.

지금까지 나의 삶을 돌아본다. 구석구석 철없이 지나온 인생이 한없이 부끄럽다. 대나무처럼 하나하나 마디를 맺고 살아왔다면 여기까지 와서 후회를 조금 덜 했을 것이다. 남은 생의 여정에서라도 좀 더 철이 들면 좋겠다.

3월로 들어서면서 기온이 영상을 기록하는 날이 점점 많아지고 있다. 오랜만에 재래시장에 들렀다. 여기저기 살펴보다가 문득 한곳에 눈길이 머물렀다. 시장 한쪽에 묘목을 파는 가게들이 줄지어 들어서 있었다. 묘목은 말하자면 봄 계절상품인 셈이다. 사람들은 벌써 나무를 심기 위한 준비가 한창이다. 아직 3월 초순이고 위도상으로 두만강쯤 되는 곳이라 추위가 채 물러가지 않았는데도 묘목과 꽃씨를 파는 상점들이 대목을 보려는 듯 분주하다.

계절이 바뀌는 길목임을 알면서도 시장에 묘목이 있을 거라고는 생각조차 못했으니 나는 철이 없는 게 분명하다. 여기는 연중 강우량이 30밀리미터 정도밖에 안 되는 건조한 지역이다. 사방을 둘러봐도 사막뿐인 황폐한 땅이지만 한 그루의 나무라도 더 심으려 애쓰는 것은 좀 더 나은 환경을 만들기 위한 의지의 발로이지 않을까.

계절의 변화를 인식하는 수준이 철이 들었거나 철이 없거나 둘 중 하나를 결정하는 근거라고 생각하니 새삼 놀랍다. 한편으로는 경이롭다. 인격과 지성의 높고 낮음을 가르는 삶의 기준이 그 무슨 심오한 철학적 경지에 있는 게 아니라 철따라 변화하는 흐름을 섭렵하고 천착하는 데 있기 때문이다. 고매한 인생이란 기초를 단단히 하는 일에 불과한지도 모르겠다.

그러므로 철없다는 소리를 듣지 않기 위해 제아무리 날뛰어본들 남들보다 한발 앞서 계절의 변화를 알아차리고 묘목과 꽃씨를 파는 상점 주인의 눈치보다 나을 게 없다는 생각이 든다. 누쿠스 재래시장에서 묘목을 파는 가게들 앞을 지나가며 별생각을 다 해보는 하루다.

분별,
분별력,
분별심

    서로 구별하여 가르는 것을 분별이라고 한다. 사물을 종류, 내용, 모양, 용도 등에 따라 잘 나누는 사람을 분별력이 좋은 사람이라고 말한다. 세상 물정이나 시대의 흐름을 지혜롭게 판단하는 사람을 분별심이 좋은 사람이라고 한다. 일도양단이 반드시 좋은 것은 아니나 옳고 그름을 분명히 하여 시대를 앞서가는 사람을 우리는 선각자이자 리더로 생각하여 존경하고 따른다.

    집을 떠나 있으니 혼자 보내는 시간이 많아졌다. 어떨 때는 정말 망망대해에 홀로 떠 있는 배처럼 많은 생각으로 출렁거린다. 먼 우주의 한 점 별을 바라보는 사람처럼 한 생각에 골똘해지고 그 생각 속으로 깊게 파고들기도 한다. 말하자면 생각을 나누고 쪼개서 어느 것이 옳고 그른지, 어떻게 하는 것이 바르고 지혜로운 일인지 분별해보는 것이다.

그것이 마치 도를 깨우친 사람에게 주어지는 지혜의 우물 같은 거라면 마구 퍼내서 마시면 좋을 것이다. 하지만 많은 시간을 공들여서 분별해봐도 내 머리와 가슴의 태생적 한계로 인해 늘 거기서 거기인 결론에 이르고 만다.

다만, 한 가지는 점점 분명해진다. 나를 객관적인 위치에 놓고 생각하는 방법에 점점 익숙해지는 것이다. 틈나면 책 한 권을 들고 집 근처에 있는 북카페에 가서 앉아 있다가 온다. 커피 한 잔에 우리 돈으로 400원!

지금까지 내 삶의 네트워크에 수많은 사람들이 들어왔다가 나갔다. 어떤 사람은 며칠 혹은 단 몇 시간으로 끝났고, 어떤 사람은 꽤 오랫동안 내 생의 주변을 돌다가 나갔다. 또 어떤 사람은 태어나서 지금까지 나의 한 생을 이끌며 살고 있다.

어떤 이름은 바로 지워지고 어떤 이름은 꽤 오랫동안 남았다. 이름이 지워졌다고 해서 그 사람이 내 삶에 끼친 영향이 결코 적다고 할 수는 없다. 삶은 매 순간순간이 중요하고 의미 있으며 가치가 빛나기 때문이다.

그렇다고 해도 크게 둘로 분별이 가능하다. 첫 번째는 내가 그동안 해온 일 또는 하고 있는 일이 인연이 되어 관계가 맺어진 경우다. 두 번째는 내 마음이 움직여서 삶에 영향을 준 경우다. 분명한 것은 일로 맺어진 사람들은 이미 다 기억에서 잊혔거나 찬찬히 떠올려봐도 잘 생각나지 않는다는 것이다. 그들은 안 그런데 나만 그런 걸까?

지금 내 삶에 영향을 주는 사람은 누구인가? 지금 내게 용기를 주고 모든 인생은 나름대로 살 만한 가치가 있다고 충고해주는 사람은 누구인가? 내 근황을 궁금해하며 자주 안부를 전하는 사람은 누구인가?

나는 누구를 자주 떠올리고 있는가? 지금 또는 요즘 나를 떠올리고 있는 사람은 누구일까? 아무리 바빠도 나에게 쓸 시간은 있으니 말해보라는 사람은 누구인가? 내가 아주 바쁜 시간에도 나는 누구에게 괜찮다고 말하는가?

서로 주고받는 말과 문자메시지에 진정성이 오롯이 담겨 있는가? 나는 누구에게 정성과 마음을 다해 메시지를 보내고 통화를 하는가? 모든 일은 지나고 보면 참으로 허망하지만 이렇게 분별하는 것조차 분별하지 않는 경지에 이르게 될 날은 과연 언제일까?

평온한 도시 누쿠스에서 내 삶을 반추하는 시간보다 어떤 희망으로 살아갈지 고민하는 시간이 더 많아지면 좋겠다.

독일어 교수
미스터 한스

학교에 온 지 두 달여가 지났을 때부터 독일어 교수인 미스터 한스와 자주 어울렸다. 교직원 결혼식에도 함께 가고 강사들 회식 자리에서도 바로 옆에 앉아 얘기를 나눴다. 함께 저녁을 먹으며 한국과 독일에 관해 이야기했다. 우즈베키스탄 사람들과 우즈벡의 학교 시스템에 대해서도 의견을 교환했다.

짧은 영어로 얼마나 얘기를 나눴겠냐만, 그래도 속내를 터놓고 꽤 많은 말들을 주고받았다. 우리는 좋은 얘기와 안좋은 얘기를 할 때마다 모두 웃음으로 받아넘겼다. 그는 서양인 특유의 찡긋하는 눈짓을 보여줬다. 우리는 기쁘게 소통했다. 나는 독일어를 못하고 그는 한국어를 못하니 피장파장이었다. 말이 막히면 만국공통어인 미소와 바디랭귀지로 대화를 이어갔다.

어떤 것이 그의 실재이고 어떤 것이 그의 그림자인지 나는 정확히 알지 못한다. 어떤 것이 나의 실재이고 어떤 것이 나의 그림자인지 그도 정확히 알지 못할 것이다. 수업이 끝나면 우리는 함께 교정을 걸어나왔다. 진한 석양을 받은 그의 그림자가 천천히 움직였다. 그림자는 태양의 각도와 조도에 따라 길어졌다가 짧아졌다가, 진했다가 흐릿했다가를 반복했다. 여기까지 이른 노교수의 인생 여정이 그림자와 같았을지도 모르겠다.

그는 우르겐치에서 두 달 동안 독일어를 가르쳤다. 누쿠스에서 두 달간 근무를 마치면 다시 동부에 있는 도시 페르고나로 가서 두 달을 근무한 후 독일로 돌아간다고 한다. 독일어를 가르치는 독일의 봉사단 파견 제도는 우리와 많이 달랐다.

그는 내 명함에 자신의 독일 연락처를 적어주었다. 독일에 오거든 꼭 연락하라고 신신당부했다. 여기서 함께한 두 달여의 인연을 가볍게 여기지 않겠다는 다짐이라 여긴다. 나의 그림자만 보지 말고 실재의 나를 봐달라는 무언의 부탁인 것만 같다.

그림자는 좀처럼 그 실체를 드러내지 않는다. 살면서 일일이 헤아릴 수 없을 정도로 많은 사람을 만났지만 그들을 다 기억할 수 없다. 기억하지 못하거나 잊어버린 사람들 대부분은 그 사람의 명확한 실체가 아닌 그림자만 봤기 때문이 아닐까.

그림자가 태양의 각도와 조도에 따라 모양과 형태가 달라지는 것처럼 내가 만난 사람들도 내가 어느 위치에서 어떤 눈으로 보았느냐에 따라 달라진다. 그 사람의 실체와 다르게 기억되거나 흐릿한 그림자로만 남아서 잊어도 좋을 사람으로 여겨졌을 것이다. 그러므로 나를 만난 적이 있는 어떤 사람이 나를 기억하지 못하는 것은 그 사람이 내 그림자를 보았기 때문이다. 그러니 누군가가 나를 기억하지 못한다고 그 사람을 탓할 필요는 없다.

등이 굽은 노교수는 허리를 굽혀 자신의 연락처를 건넸다. 나는 언제 날 기억해달라는 의미로 한 번이라도 그러한 노력을 해본 적이 있었던가.

비껴가는 것들은
비껴서 간다

'걱정도 팔자'라는 말이 있다. 하지 않아도 될 걱정을 하거나, 생각하면 걱정거리도 아닌 일을 혼자 심각하게 끌어안고 있는 사람을 두고 하는 말이다. 주위를 둘러보면 어떤 모임에서든 그런 사람 한둘은 있다.

그들은 대부분 원칙주의자다. 원칙에서 조금이라도 벗어나면 견디기 힘들어하는 사람들이다. 그들은 무엇이든 미리 준비하고 돌발사항에 대비하려는 자세를 갖추고 있다.

이런 사람 옆에 있으면 안전하다. 이런 사람이 부하직원이라면 모든 사항을 미리 점검하고 준비하므로 내가 마음 놓고 있어도 언제나 든든하다. 이런 사람이 상사라면 피곤하다. 내게 영향이 오지 않을 수 없기 때문이다.

세상 걱정을 끌어안고 사는 사람들은 하늘 무너질까 두려워서 어떻게 사는지 모르겠다. 그들은 낙관적인 관점을

경계하고 믿지 않는다. 늘 긴장하고 사는 사람들이라 경직
돼 있다. 표정이 밝지 않은 경우가 많다.

사실 나는 '걱정도 팔자'인 사람은 아니다. 세상 걱정을
혼자 떠안는 사람은 더더욱 아니다. 결국에는 잘될 거라고
믿으며 비교적 낙관적으로 사는 사람이다. 나는 이미 벌어
진 일들은 내 운명으로 받아들이려고 노력한다.

내일 어떻게 될지 모르는 일에 대해선 미리 걱정하고 신
경 쓰면서 살고 싶지 않다. 걱정하고 살아도 어쩔 수 없이
일어날 일들은 일어나게 되어 있다. 걱정하지 않고 살아도
운명처럼 비껴가는 것들은 비껴서 간다.

"너 자신의
삶을 살아라"

BTS는 동시대를 살고 있는 세계의 젊은이들에게 노래와 춤을 통해 삶의 메시지를 전한다. '힘들어하지 마라, 너 자신의 삶을 살아라, 넘어져도 다시 일어나라.' 외친다. 세계의 젊은이들이 BTS에게 열광하는 이유는 그들의 고민을 족집게처럼 집어주고 함께 이야기하기 때문이다. BTS는 함께 고민하고 함께 극복하자고 어깨를 두드린다.

그들의 준수한 외모, 열정에 감화될 수밖에 없는 빼어난 춤 실력, 혼을 쏙 빼놓는 무대 매너가 전하고자 하는 메시지에 함께 녹아 있다. 이 모든 것으로 인해 팬들은 그들을 보는 것만으로도 가슴 뛰면서 BTS의 세계로 빠져드는 게 아닐까 싶다. 신곡이 발표될 때마다 전 세계에 있는 팬들이 그들의 뮤직비디오를 보면서 열광하는 리액션 영상이 유튜브에 속속 올라온다. 세계 각지에 있는 다양한 팬들의 리액션 영상만 봐도 BTS의 인기를 실감할 수 있다.

　노래를 좋아하거나 한국 문화에 관심이 많은 여학생들과 BTS 이야기를 나누다 보면 한 시간이 훌쩍 지나갈 때가 있다. 축구를 좋아하는 남학생들과는 시간 가는 줄 모르고 영국 프리미어리그에서 활약하는 손흥민 선수 이야기를 한다.

　축구도 노래도 잘 알지 못하는 내가 우즈베키스탄의 젊은이들과 즐겁게 소통할 수 있는 이유는 학생들이 한국어를 공부하고 나는 한국어를 가르치고 있으며, 손흥민과 BTS가 한국 사람이기 때문이다.

　나는 학생들과 잘 소통하기 위해 손흥민의 최근 경기 기록을 찾아보고 BTS의 신곡이 발표되었다는 소식을 듣자마자 미리 감상하고 가사를 복사하여 수업시간에 나눠주는 민첩함을 발휘한다.

　한국이 자랑스럽고 애국심이 샘솟을 때는 이처럼 구체적인 현장의 한가운데에 놓였을 때다.

아무리
깊은 호수라도

낚시를 좋아하는 사람이라면 낚시와 미늘의 관계를 잘 알 것이다. 미늘은 미끼를 문 물고기가 빠져나가지 못하게 하는 낚싯바늘 끝부분의 뾰족한 갈고리를 말한다. 우리 삶에서도 수렁이나 질곡에 한번 빠지면 물고기가 미늘에 걸려 빠져나오지 못하듯 풍파에 허우적대기 쉽다.

낚싯밥을 무는 물고기인들 거기에 미늘이 달렸을 거라는 사실을 알았겠는가? 이처럼 한 치 앞을 내다볼 수 없는 것이 사람의 인생이다. 뻔해 보이는 일도 완전히 다른 방향으로 전개될 수 있다. 어떤 상황에서도 문제가 발생하지 않도록 철저하게 계획을 세우고 대비한다고 해도, 생각한 대로 진행되지 않는 게 현실이다.

예상 밖의 일이 발생하면 그때 가서 다시 생각해보고 문제를 해결하면 된다. 우리는 사람이기에 완벽한 지혜와 지성을 갖추기 어렵다는 걸 인정하며 살아야 한다. 어느 순간에는 완벽하다고 믿었던 일도 지나고 보면 어리석은 일이 되고 마는 경우가 수도 없이 많다.

예전에 직장생활을 할 때였다. 고객과 상담을 마치고 서명까지 받아 일 처리가 정말 완벽했다고 느낄 만큼 기분 좋게 끝난 날이었다. 그런데 얼마 후 그와 상담하면서 조금만 주의를 기울였다면 찾을 수 있었을 허점을 발견하고 일을 다시 진행해야 했다. 아직도 그때 그 작은 허점을 간과하여 낭패를 본 기억이 생생하다. 인생은 늘 그런 일들의 반복이다.

힘들고 어려운 일이 늘 나에게만 일어나는 것 같아도 한 꺼풀 벗겨보면 다른 사람들도 크게 다르지 않다는 걸 알게 된다. 아무리 깊은 호수라도 크고 작은 물결은 일게 마련이다. 아무리 골이 깊은 산이라도 어느 날은 약한 바람을, 어느 날은 강한 바람을 맞는 것이 자연의 이치다.

어려운 일은 어려운 대로, 쉬운 일은 쉬운 대로 그저 그 순간에 할 수 있는 일을 하면 된다. 외로울 때는 외로운 대로 깊은 숨을 쉬면 된다. 그리울 때도 그리운 대로 먼 하늘을 바라보며 털어내면 되지 않을까?

어느 날 들이닥친 삶의 풍파를 다시는 빠져나올 수 없는 미늘이라고 생각한다면, 갑자기 다가오는 행복도 멍하니 놓쳐버리고 말 것이다.

인생은
짐을 싸고 푸는 일의 연속

인생은 짐을 싸고 푸는 일의 연속이다. 예기치 않은 곳에 도사리는 장애물이 어느 날 갑자기 평온한 일상에 침입하여 결국 또다시 짐을 싸게 만든다. 잠시 이별이 될지 긴 이별이 될지 현재로서는 알 수 없다.

바람이 굳게 닫아놓은 창문을 스쳐 지나가며 두드린다. 창문 앞을 서성이는 사막의 바람이 그리워질 것이다. 맑은 밤, 침대 위로 쏟아져 들어오는 아름다운 달빛이 그리워질 것이다.

학생들의 맑은 눈빛과 순박한 미소가 백지에 청수가 스미듯 내 마음 안으로 번져간다. 그들의 눈빛과 미소 또한 그리워질 것이다.

북극성을 한 바퀴 돌아오는 햇빛이 도슬릭강 너머로 긴 그림자를 드리우는 시간, 강변의 비둘기들이 이편에서 저편으로 날아간다. 그때 비둘기는 깃 속에 낯선 언어를 품고 다닌다. 그 낯선 언어조차 그리워질 것이다.

감성이
열정이라면

　감성이 열정이라면 이성은 절제인 줄 알았다. 감성이 뜨거움이라면 이성은 차가움인 줄 알았다. 감성이 외롭고 서럽고 그리운 것이라면 이성은 즐겁고 행복하고 평온한 것인 줄 알았다. 감성이 불꽃이라면 이성은 폭포인 줄 알았다. 감성이 포옹이라면 이성은 악수인 줄 알았다. 감성이 샛길이라면 이성은 대로인 줄 알았다.

　감성이 원초적 본능이라면 이성은 고전적 절제인 줄 알았다. 감성이 바람이라면 이성은 햇볕인 줄 알았다. 감성이 울음이라면 이성은 웃음인 줄 알았다. 감성이 바다라면 이성은 산인 줄 알았다. 감성이 상상이라면 이성은 실재인 줄 알았다.

　감성이 노트에 뭔가를 적어나가는 것이라면 이성은 책을 읽으며 밑줄 긋는 것인 줄 알았다. 감성이 곱하기와 나누기라면 이성은 더하기와 빼기인 줄 알았다. 감성이 나는 것이라면 이성은 걷는 것인 줄 알았다. 감성이 붉은색이라면 이성은 푸른색인 줄 알았다. 감성이 말하는 입이라면 이성은 듣는 귀인 줄 알았다. 여태 살아보니 1과 2를 구분하는 일이 그다지 큰 의미가 있는 것 같진 않다.

이성은 감성의 배경이고 감성은 이성의 배경이다. 자웅동체다. 나머지는 사족이고 군더더기다.

유연할 때
새롭게 보인다

이 세상에 고정불변한 것은 있을 수 없다. 지상에 존재하는 모든 것은 변화한다. 그러니 무슨 일이든 변화를 받아들여야 한다. 그냥 받아들이는 것이 아니라 변화를 잘 수용해야 한다. 그러자면 몸과 마음이 부드러워야 한다. 그것이 유연이다.

유연의 반대말은 경직이다. 우리는 몸이 경직되는 것을 방지하기 위해 운동을 한다. 정신이 경직되는 것을 막기 위해 독서를 한다. 신체가 경직되면 뼈가 부러지거나 근육이 터지는 일이 발생한다. 정신이 경직되면 매사에 재미가 없고 삶의 가치를 잃어버리게 된다.

유연은 변화를 받아들이는 여유를 갖는 것이다. 몸과 마음이 유연할 때 세상은 늘 새롭게 보인다. 늘 다가오는 일상이 지루하게 느껴지지 않는다. 세상의 변화가 눈에 들어오고 나의 변화가 세상에 투영될 때 내 몸과 마음의 감각이 유연하게 살아서 움직인다.

다시 짐을 꾸리기 위해 물건들을 꺼낸다. 구석구석 접히고 구겨진 것들을 펴본다. 일상에 변화가 없다면 그것들은 그 자리에서 구겨지고 접힌 채로 꽤 오랜 시간을 보낼 것이다. 어떤 물건이든 그 자리에 있기까지 녹록지 않은 이야기들이 숨어 있다. 어떤 물건은 오래 들여다보며 지나온 시간을 반추하게 한다.

버릴까 말까 망설이다가 끝내 버리지 못하고 다시 짐 꾸러미 안으로 넣는 것들이 있다. 특히 옷이 그렇다. 오래 입어서 낡고 해진 옷은 값으로 따지면 아까울 것도 없다. 하지만 선뜻 버리지 못하는 이유는 그 속에 잊을 수 없는 그리움이 숨어 있기 때문이다. 짐을 꾸리다가 낡은 옷 하나를 들여다보며 많은 생각에 잠긴다. 시간이 흐르면 생각 또한 자연히 변한다는 것을 받아들이지 않으려는 몸짓이다. 사고의 유연성이 부족한 탓이다.

유연하다고 해서 이래도 좋고 저래도 좋은 것은 아니다. 변화를 받아들이되 나름대로 합리적인 근거와 배경이 있어야 한다. 유연은 결코 무조건적으로 받아들이는 것이 아니다. 물이 높은 곳에서 낮은 곳으로 흐르듯이 그 근거가 분명해야 한다. 고집과 경직은 유사하지만, 융통성은 유연성이 될 수 없다. 유연하기 위해서는 더욱 냉철한 자기관리가 필요하다. 자존감이 높은 사람만이 제대로 된 유연성을 발휘할 수 있다. 그렇다면 어떻게 자존감을 높일 수 있을까?

세월의 흐름에 따라 신체가 기울어지는 것은 별수 없지만 운동을 통해 몸의 경직은 막을 수 있다. 어쩔 수 없는 일에 힘을 쏟는 대신 노력 여하에 따라 얼마든지 눈부신 변화를 이끌어낼 수 있는 일에 힘을 쏟을 때 자존감도 같이 올라간다. 운동이 바로 그런 일이다. 나이가 들면 기억력이 떨어지는 걸 막을 수 없다. 독서를 통해 일정 수준의 기억력과 정신력을 유지하는 일 또한 자존감을 높여준다.

짐을 꾸리면서 이제 9개월로 접어드는 우즈벡 생활을 돌아본다. 여기서 사는 동안 나의 생활 리듬은 결코 가볍지 않았다. 최소한 몸과 마음이 경직되지 않았다고 평가한다. 어쩔 수 없이 짐을 꾸려야 하는 지금 이 순간에도 누쿠스는 내 삶의 일부가 되었다는 걸 느낀다.

이제 나는 더 이상 꽃길을 찾지 않겠다.

화려하고 아름다운 꽃길을 찾느라

여기저기 기웃거리는 일은 없을 것이다.

오늘 하루 행복하게 살았다면 1미터쯤

정말 멋있는 꽃길을 걸었다고 생각하겠다.

카라칼파크국립대
교정을 돌아보며

우즈벡 땅에 발을 디딘 지 261일째. 타슈켄트에서 2개월, 누쿠스에서 7개월을 보내면서 나는 무엇을 위해 살아왔을까?

학생들과 함께할 때는 말할 수 없이 즐거웠다. 도슬릭 강변을 거닐며 사색에 잠겨보는 멋진 시간도 있었다. 캄캄한 밤에 문을 열고 불 꺼진 집으로 들어올 때의 공허한 기분과 멀리 간 사람을 향한 그리움에 젖을 때는 이게 뭔가 싶다가도 쓸쓸한 혼밥은 내게 주어진 운명이려니 했다.

오전에 코로나로 휴교령이 내려진 학교에 갔다. 텅 빈 한국어 교실을 한 바퀴 둘러보며 새로 교체된 의자를 만져보았다. 내가 존경하는 선배의 후원으로 학생들이 좀 더 편안하게 앉아서 공부할 수 있도록 의자를 바꾼 것이다. 새 의자를 들여놓자 학생들이 얼마나 고마워하던지! 그 표정 하나하나를 잊을 수가 없다.

외국어학부의 딜바르 학과장과 자봇 학장 그리고 대외업무를 총괄하는 국제부장을 만나 출국 인사를 했다. 언제 다시 올 거냐는 질문부터 먼저 받았다. 3개월 안에 다시 오겠다고 웃으면서 말했지만 우리 중 누가 그 말을 확신할 수 있을까? 그들도 우즈베키스탄의 상황이 어떻게 전개될지 자신 있게 말하지 못한다.

학생들은 학교에 오지 않지만 교직원들은 모두 출근하여 일하고 있었다. 어떤 상황에서도 호들갑 떨지 않고 주어진 일을 묵묵히 하면서 사는 것에 익숙한 사람들이다. 카라칼파크국립대 교정과 강의실 그리고 눈망울이 초롱초롱한 사랑하는 나의 학생들이 한동안 내 망막에 어른거릴 것이다.

다시 돌아오겠다는 확실한 약속을 하지 못하고 떠나야 하는 마음이 안타깝다. 사람의 일이란 늘 마음대로 할 수 없다는 걸 받아들이는 수밖에 없다. 꾸밈없이 소박한 교정의 플라타너스에 파릇파릇 잎이 올라올 때쯤에는 비상상황이 종료돼 있기만을 바란다. 그때 다시 학생들 앞에 서고 싶다는 간절한 소망뿐이다.

학생들이 나의 귀국 소식을 들었는지 텔레그램 대화방에 꼭 다시 와달라는 문자메시지가 계속 올라온다. 과연 학생들의 요구에 응해줄 수 있을까? 누쿠스에는 오늘도 바람이 분다.

북극성과 누쿠스와
멀리 있는 그리움들

우즈베키스탄 서쪽 끝의 작은 도시 누쿠스에 있다가 수도인 타슈켄트로 왔다. 수도로 오니 괜스레 마음이 바빠진다. 고여 있는 물을 휘저을 때 가라앉은 앙금이 올라오는 것처럼 차분하게 정리되었던 생각들이 불쑥불쑥 솟아오른다.

매일 아침 안호르 강변을 걸으며 불안한 심리를 꾹꾹 누르던 시간들이 주마등처럼 스쳐 지나간다. 낯선 나라 우즈베키스탄에 와서 앞으로 어떻게 살 것인가 고민하며 이러저러한 계획을 세웠다. 인생이 뜻대로 되는 건 아니지만 그래도 학생들과 어울리며 생활에 재미를 붙여가던 중이었다. 그런데 전혀 예상치 못한 사태로 인해 이렇게 중도에 돌아가게 될 줄 누가 알았겠는가?

사태가 진정되면 다시 누쿠스로 돌아가서 남은 임기를 무사히 마치고 싶은 마음이 굴뚝같다. 하지만 이 시간 이후 내 삶이 어떻게 전개될지 지금으로서는 전혀 감을 잡을 수가 없다. 불확실한 내일도 생의 한 조각이니 어쩔 수 없는 일로만 여겨야 할까?

세계 곳곳으로 파견된 봉사단원들의 소식이 단체채팅방에 속속 올라온다. 어떤 나라는 도시가 봉쇄되며 항공편도 중단되어 며칠째 대기 중이라고 한다. 또 다른 나라로 간 단원은 인근 도시들을 거쳐 간신히 한국에 도착했다는 소식을 전해왔다. 모두가 무거운 짐을 짊어지고 미처 예상하지 못한 힘든 시간을 보내고 있다.

좀처럼 비가 내리지 않는 타슈켄트에 빗방울이 후두둑 떨어져 창문을 두드린다. 북극성과 누쿠스와 멀리 있는 그리움들이 한꺼번에 달려와 창밖에 서성인다. 호텔 방에 준비된 커피 한 잔을 마신다. 입안으로 스며드는 커피 향과 함께 타슈켄트의 밤이 점점 깊어간다.

언제라도
다시 날아갈 수 있도록

새벽부터 긴 하루를 보냈다. 타슈켄트 미쉐린 호텔에서 새벽 5시에 일어나 아침을 먹고 7시에 타슈켄트 공항으로 떠났다. 그러고 나서 서울 집에 도착한 시각이 새벽 2시.

오늘 타슈켄트 공항에서 이륙한 비행기는 인천행 한 대와 자카르타행 한 대, 단 두 대였다.

오늘 귀국한 단원은 모두 마흔여섯 명. 진행하던 일들을 멈추고 갑작스럽게 짐을 싸느라 다들 넋이 나간 상태였다. 단원들을 지원하기에 여념이 없는 사무소 직원들도 긴장과 피로가 최고조에 달했을 것이다. 대사관 직원들도 교민들의 안전한 귀국을 책임지기 위해 동분서주하며 도왔다.

오늘은 단계마다 기다림의 연속이었다. 타슈켄트 공항의 체크인 카운터 앞에서 마냥 기다리고, 탑승권을 받은 후 비행기 이륙까지 또 기다리고, 하루의 대부분은 그저 기다리는 일로 보냈다. 코로나19 확진자가 날로 증가하는 타슈켄트는 더 이상 안전지대가 아니었다.

우즈베키스탄은 오늘부터 시내버스 운행을 중단한다고 했다. 며칠 전에는 우즈벡의 대형 식당들이 일제히 문을 닫았다. 유럽 각국의 상황이 날로 악화되고 있는 시점이었다. 의료 시스템을 완벽하게 갖추지 못한 국가는 더 긴장할 수밖에 없을 것이다. 우즈베키스탄항공 승무원들은 방호복을 입고 완전 무장한 상태였다. 코로나가 무섭기는 무서운 모양이다. 한바탕 전쟁을 치르고 있는 기분이다.

등에 날개를 달고 중앙아시아 서쪽 끝에서부터 파미르 고원과 타클라마칸사막을 넘어 중국 대륙을 횡단하여 약 5,000킬로미터를 날아왔다. 공중에 붕 떠 있는 생각을 가라앉혀야 할 때다. 언제라도 다시 날아갈 수 있도록 심신의 단련이 필요한 시기다.

외줄을 타는
어름사니처럼

하루하루 사는 일이 어름사니가 외줄을 타는 일과 같다. 꿀물을 눈앞에 두고 주위를 날아야 하는 꿀벌의 날갯짓과 같다. 미끼를 물 수밖에 없는 물고기와 같다. 새벽 창에 매달린 헝겊별을 바라보는 일과 같다. 부드러운 목소리에 매달아 전달하지 못하는 물병과 같다. 수면 위 물비늘처럼 반짝이는 음악과 같다. 적당한 거리에서 바라보아야 모든 게 눈에 들어오는 미술관 벽에 걸린 그림과 같다.

하루하루 사는 일이 수시로 창밖을 바라봐야 하는 습관과 같다. 부엌 창으로 들어오는 뒷산의 봄내음을 잠깐씩 맛보는 일과 같다. 버짐처럼 번져가는 산벚꽃 그림자를 따라가는 일과 같다. 환약 몇 알을 입에 넣고 꿀꺽 삼키는 일과 같다. 운세가 적힌 종이를 찢어 날리는 것과 같다. 자주 걷는 자락길에 흩어진 살비늘의 흔적을 찾아보는 일과 같다.

아파트 부엌의 사각 창으로 뒷산의 백목련과 개나리와 진달래의 빛깔이 잡힌다. 해마다 봄이 오면 그 자리에 바로 그 꽃들이 보인다. 꽃들은 그 모습 그대로 눈에 들어온다. 뒷베란다의 조금 더 큰 사각창이 봄꽃이 물드는 속도를 부지런히 뒤쫓는다. 넋 놓고 바라보다가 시간을 놓칠 때도 있다. 어느 순간 문득 깨닫고 '벌써'라는 이름을 붙이곤 한다.

꽃들은 해마다 그 자리에서 변함없이 피고 지는데 꽃들을 바라보는 나는 다르다. 내 인식의 창은 먼지가 끼었고 금이 갔으며 물방울이 흐른다. 나의 눈과 저 꽃 사이에 미세먼지가 가득한 날도 있고, 너무 강한 바람이 불어 아예 눈을 감아버리는 날도 있다. 그러다가도 꽃이 지고 나면 그뿐이다. 꿈의 계절은 흔적도 없이 사라져버린다. 나는 꽃이 진 자리를 멍하니 바라볼 뿐이다.

하루하루 사는 일이 외줄을 타는 어름사니의 보행과 같다. 누가 손을 잡아줄 리도 없고 손을 뻗어 다른 이의 손을 잡을 수도 없다. 그저 스스로 좌우 균형을 맞춰가야 한다. 아무리 위태로워 보여도 어름사니는 꿋꿋이 그 길로 나아간다. 그저 한 걸음 한 걸음 자신의 길을 갈 뿐이다.

외줄을 타는 어름사니는 그 사이에 슬쩍 하늘을 쳐다볼 줄도 안다. 줄 위에 푸른 하늘이 있기 때문이다. 어름사니는 외줄을 타면서도 귀를 열어 소리를 듣는다. 크고 작은 소리가 나직이 들려오는 곳에 사람들이 발 딛고 선 땅이 있기 때문이다. 어름사니가 외줄을 타는 시간은 정해져 있다. 하루하루 사는 일이 어름사니가 외줄을 타고 한 걸음 한 걸음 내딛는 일과 다를 바 없다.

나는 왜 신던 구두에
집착하는 걸까

우즈베키스탄으로 가기 전 짐을 쌀 때도 구두와 운동화를 구겨넣었다. 이번에 다시 한국으로 돌아올 때도 똑같은 구두와 운동화를 구겨넣어 가져왔다. 새 신도 아니고 값나가는 것도 아닌데 나는 왜 그렇게 신던 구두와 운동화에 집착하는 걸까?

짐을 가볍게 하고 현지에 가서 하나 사도 될 문제다. 귀국할 때도 다 버리면 돌아오는 발걸음도 가볍고 다시 새 신을 만날 수도 있다. 이 사실을 알면서도 나는 즐겨 신던 구두와 운동화를 포기하지 못한다.

낡은 구두와 헌 운동화에는 내가 걸어다닌 모든 길의 흔적과 풍경이 담겨 있다. 내 땀냄새가 스며든 신발들을 쉽게 버리지 못하는 이유는 아마 그 때문일 것이다. 지금도 낡은 구두와 헌 운동화가 신발장에 가득하다.

오지 여행에서 신었던 낡은 운동화를 따로 모아뒀다. 중요한 행사 때 신었던 헌 구두도 따로 모아서 추렸다. 이제 나머지는 버려야겠다고 결심했다. 나름대로 의미를 부여할 만한 여행과 삶의 흔적이 남은 신발은 조금 더 보관했다가 버려도 나쁘지 않을 것 같다.

강렬한 영감을 준 여행일수록 그 기억은 오래 남아 여행지의 추억을 되살려준다. 타클라마칸사막을 여행할 때, 다뉴브강을 따라 몇 개의 수도원을 지나치며 신었던 신발의 기억이 내 몸에 온전히 남아 있다. 그렇다고 해도 이제 짐을 꾸릴 때 구두와 운동화에 더 이상 집착하지 않겠다. 가능한 한 지우고 덜어내며 몸을 가벼이 할 때가 되었다.

거울
앞에서

　마흔이 넘은 사람은 자신의 얼굴에 책임을 져야 한다는 말이 있다. 자신이 걸어온 삶의 이력이 얼굴에 숨김없이 드러나기 때문이다.

　나이가 들면 어쩔 수 없이 주름이 생긴다. 피부 탄력이 눈에 띄게 감소하고 전에 없던 거뭇거뭇한 점들이 나타난다. 이러한 노화는 자신의 책임과는 무관한 일이다. 요즘은 의학이 발달하여 노화를 어느 정도 지연시킬 수 있다. 피부를 말끔하게 관리하는 시대이니 그 또한 자신의 책임이라 할 수도 있을 것이다.

　그러나 한 사람의 인상은 그러한 외면이 다가 아니다. 그가 걸어온 내면의 이력까지 함께 드러나는 것이어서 인상은 사람마다 다를 수밖에 없다.

　세수하고 나서 거울에 비친 내 얼굴을 무심코 들여다본

다. 깔끔하게 면도한 후 다시 한번 바라본다. 이 얼굴이 정말 내 얼굴이 맞나 의심스럽다. 그런대로 괜찮다 싶다가도, 내 얼굴이 이 정도인가라는 생각에 절망하기도 한다. 나는 어떻게 살아왔나 찬찬히 더듬어본다. 내 얼굴의 어둡고 그늘진 자리와 밝고 희망찬 자리를 비교해본다.

내게 남은 시간이 얼마나 되는지 알 수 없다. 어떻든지 지나간 시간은 이미 지나가버린 것이니 큰 관심을 두지 않기로 한다. 다만 남은 날들을 소중하고 의미 있게 살아야겠다는 결심을 굳힌 이래 내 얼굴의 균형이 다시 조화롭기만을 기대하고 있다.

해마다 봄이 되면 말라버린 것 같은 나무에서 다시 꽃이 피어나듯, 굳은 내 얼굴에서도 다시 미소가 피어오르기를 기대한다. 표정을 찡그릴 때마다 수시로 생기는 잔주름이 어느 순간 씻은 듯이 없어지기를 꿈꿔본다. 지금부터 내가 어떻게 사느냐에 따라 달라질 문제이므로 이 또한 전적으로 내 책임이다. 무엇이 되어보려고 발버둥치며 살았던 날들이 떠오른다. 젊은 날의 희망과 포부로 치부하기엔 과도하기만 한 욕심들이 어느 순간 눈 녹듯이 사라졌다.

무엇을 버리고 내려놓아야 하는지 감이 오는 나이가 돼 보니 거울 앞에서 내 얼굴을 들여다볼 때 점점 더 생각이 많아진다. 예전에 중요하게 생각했던 것들이 사소하게 느껴지고, 하나라도 놓치지 않고 다 움켜쥐려 했던 것들이 별것 아니라는 생각이 들 때가 많다. 하지만 새로운 것을 보고 듣고 느끼며 삶의 경외를 발견하는 날이 더 많아졌다.

코로나19 사태가 없었다면 나는 지금 아늑한 도시 누쿠스에서 학교와 집을 왕래하며 학생들을 가르치고 있었을 것이다. 시간이 나면 독서를 하고 글을 쓰며 아주 단순하고 소박한 삶을 이어갔을 것이다. 평온한 일상을 즐기며 리듬을 찾아가던 내 삶이 어중간한 상태로 유보된 것이 안타까울 따름이다.

앞으로 어떤 놀라운 상황이 닥치더라도 조용히 이해하고, 세상의 이치를 깨닫는 삶이 되기를 희망한다. 내 얼굴 위에 어떤 그림이 무슨 색으로 그려지는지 수시로 살피고 돌아보는 삶이 되기를 희망한다.

꽃길

해마다 봄이 되면 꽃구경을 기대하는 사람들이 많다. 이름이 알려진 꽃길은 늘 사람들로 붐빈다. 특히 섬진강을 따라 피는 벚꽃길, 하동 쌍계사 십리벚꽃길이 아름답기로 유명하다. 양평 산수유길, 광양 매화길, 제주도 동백꽃길에도 인파가 몰린다.

시골길을 가다 보면 아쉬울 때가 많다. 이름이 덜 알려졌거나 아예 알려지지 않은 곳 중에도 눈부시게 예쁜 꽃길이 많기 때문이다. 요즘은 국내 어디를 가나 환경을 잘 가꿔놓았고 사람들이 자주 걷는 길엔 꽃을 심어 꽃길을 만들고 있다. 어떤 종류든 꽃을 보고 있으면 마음의 평화와 위안을 얻게 된다. 그래서 사람들은 봄이 되면 꽃구경을 가고, 기쁘고 즐거운 날엔 꽃을 주고받으며 행복을 느끼나 보다.

꽃길은 중의적인 의미를 갖고 있다. 자연상태에서 꽃길

이란 말 그대로 활짝 핀 꽃들로 가득한 길을 말한다. 또 다른 의미에서 꽃길은 인생에서 아무런 걸림돌 없이 탄탄대로를 걸으며 행복에 이르는 것을 의미한다.

유복한 집에서 태어나 고생을 모르고 귀하게 자란 사람, 좋은 학교를 나와 남들이 꿈꾸는 일을 하며 마음고생 없이 행복한 삶을 누리는 사람을 가리켜 꽃길을 걷고 있다고 표현한다. 한편으로는 별로 노력한 것 같지도 않은데 선대로부터 많은 유산을 물려받았거나 운이 좋아 인생이 잘 풀린 사람들을 보면서도 꽃길을 걷는다고 말한다.

꽃길이란 본래 화려하고 아름답다. 누구나 행복한 마음이 들게 하는 길이어서 그 길 위에 있는 사람들의 삶을 안 좋게 볼 이유는 없다. 꽃길을 걸어보고 싶은 욕구를 느끼고 욕망을 갖는 일은 인간이면 누구나 품는 마음이기 때문이다.

그러나 누군가의 삶이 꽃길을 걷는 것처럼 보여도 안을 세세히 들여다보면 실제로는 꽃길이 아닌 경우도 많다. 돈이 많다고 해서 다 행복하지 않은 것처럼, 지금까지 꽃길을 걸어왔다고 해서 앞으로도 계속 꽃길을 걸으라는 법은 없다. 그 길 끝에 저절로 행복이 펼쳐지는 것도 아니다. 꽃길은 누가 만들어주는 것이 아니다. 스스로 가꾸고 다듬어야 진정한 꽃길이 되는 것이다.

꽃길은 스스로 만들면서 생기고, 다듬으면서 완성되는

길임에 틀림없다. 이 나이 되어 돌아보니 그동안 내가 걸어왔던 그 길도 바로 꽃길이었다는 생각이 든다. 매 순간 인생이 어렵고 힘들다고 생각했으나 돌이켜보면 걸어온 길에 늘 꽃이 있었다. 꽃들이 피고 새가 날고 시원한 바람이 불어 좋은 길이었다.

내 인생의 꽃길은 어디 있을까, 찾아 헤맬 필요가 없다. 꽃길은 따로 있는 게 아니다. 오늘 내가 살아 있어 행복을 느끼는 이 순간에 나는 꽃길을 걷는 것이다.

방 안에 혼자 앉아 나를 돌아보는 이 시간이 귀하고 소중하게 다가오는 것은 내가 그동안 낭비한 시간이 너무 많기 때문이다. 나는 꽃길을 찾아 헤매는 데 많은 시간을 허비했다.

이제 나는 더 이상 꽃길을 찾지 않겠다. 화려하고 아름다운 꽃길을 찾느라 여기저기 기웃거리는 일은 없을 것이다. 오늘 하루 행복하게 살았다면 1미터쯤 정말 멋있는 꽃길을 걸었다고 생각하겠다.

사랑은 내가
주어가 아니라는 것을 알려주었다

2021년 4월 12일 초판 1쇄 발행

지은이 김삼환
펴낸이 정법안 **경영고문** 박시형

책임편집 추윤영 **디자인** 최우영
마케팅 양근모, 권금숙, 양봉호, 임지윤, 이주형, 유미정, 전성택
디지털콘텐츠 김명래 **경영지원** 김현우, 문경국
해외기획 우정민, 배혜림 **국내기획** 박현조
펴낸곳 마음서재 **출판신고** 2006년 9월 25일 제406-2006-000210호
주소 서울시 마포구 월드컵북로 396 누리꿈스퀘어 비즈니스타워 18층
전화 02-6712-9800 **팩스** 02-6712-9810 **이메일** info@smpk.kr

ⓒ 김삼환 (저작권자와 맺은 특약에 따라 검인을 생략합니다)
ISBN 979-11-6534-328-6 (03810)

쌤앤파커스(Sam&Parkers)는 독자 여러분의 책에 관한 아이디어와 원고 투고를 설레는 마음으로 기다리고 있습니다. 책으로 엮기를 원하는 아이디어가 있으신 분은 이메일 book@smpk.kr로 간단한 개요와 취지, 연락처 등을 보내주세요. 머뭇거리지 말고 문을 두드리세요. 길이 열립니다.